俳句の興趣

写実を超えた世界へ

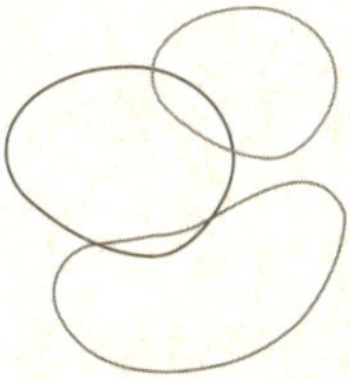

西池冬扇
Nishiike Tōsen

ウエップ

はじめに

近代から未来へ――歴史の中で

俳句はその誕生以来、興趣の探求に多くの努力を注いできた。文体やリズムより何を詠うかにより深い関心を示してきた。だとすれば、それは俳句が短詩型のためリズムや文体に自由度がそれほど大きくないからであろう。だが何を詠うかということもそれほど自由度の高いものでもない。日本の古代以来培われてきた季節の趣を季語の本意として伝承していくとともに、時代で変化する興趣を追い求めていくという一見相反する方向が存在するからだ。伝統と革新の鬩ぎ合いは如何なる芸術でも同じであるが、特に俳句の世界ではそれがドラスティックに生じるかというと、意外とそうではない。むしろ無風状態といわれる時は長い。そして近代を振り返ってみても疾風怒濤と言えぬまでも大きな波風が立った時は、俳句の興趣をめぐる議論が活性化した時だ。

現在は、ようやく近代がその役割を果たし終え、次の時代への端境期となり社会のスキームが変わり価値観が変化しつつある時代であることは疑いない。ここで未来に向かって興趣がどのように変化していくのかを考えてみるのは意義があると思う。

俳句の興趣——写実を超えた世界へ＊目次

はじめに　近代から未来へ――歴史の中で　1

第1部　案じること：興趣への分岐点　9
§1　高浜虚子の「眺め入ること」と「案じ入ること」　9
§2　「案じ入る」という俳句の興趣の分岐点：秋櫻子と素十の案じ方　15
§3　加藤楸邨の案じ入りと飛躍　26
§4　何を詠うのか：「ただごと俳句」を案じる　31
§5　如何に詠うのか：「脱自動化」という案じ方　39

第2部　俳句の興趣　52
§1　詩歌の対象と俳句形式　52
§2　正岡子規の「意匠」の分類　59
§3　近代の興趣　64
§4　現代登場すべき興趣　72
§5　現代の興趣を確立する視座　79

第3部　同化の心（宇宙的虚無感）と明るい虚無の時代：未来への興味Ⅰ　82
○同化の心（宇宙的虚無感）　82
§1　「同化」という興趣　82
§2　近代人寺田寅彦の「同化」　87
§3　「同化の心」の源泉　89
○明るい虚無の時代　93
§1　老いという興趣：明るい虚無の時代だからこそ　93
§2　観照の先にあるもの：無常と虚無への入り口　105
§3　無常から明るい虚無へ　124
§4　時代の興趣としての「明るい虚無」　133
第4部　メタリアルな世界に視座を：未来への興趣Ⅱ　144
§1　「あわい」というメタな世界　144
§2　「メタリアル」な視座あれこれ　147
§3　メタリアルな世界への誘い　163

第5部　補　論：歴史の流れの中で　170
補論1　新しい興趣こそ　170
補論2　「まこと」の来し方行く末　173
補論3　雨の木が燃える日　191
あとがき　211

俳句の興趣——写実を超えた世界へ

第1部　案じること：興趣への分岐点

§1　高浜虚子の「眺め入ること」と「案じ入ること」

○「じっと眺め入ること」

一つ根に離れ浮く葉や春の水　　高浜虚子

俳句の近代化を成し遂げた正岡子規の後継者高浜虚子が『俳句の作りよう』（＊1）で初心者の俳句の作り方を述べている。まず五七五の音数で並べること、季節を対象にすること、「や」「かな」「けり」を使うこと、その三条に加えて、よくモノを眺め案じることについて縷々説明している。この眺め案じることがもっとも虚子の言いたいことである。冒頭の句を例にして【ある題の趣に深く深く考え入って、執着に執着を重ねて、その題の意味の中核を捕えてこねばやまぬという句作法】を説いているのである。

この虚子が重要だとする句作法は、一見分かり易い。分かり易く感じるのは、虚子の説明が具体的な事象を例としているからである。だが、よく考えると、ある種の哲学的匂いを感じさせるゾーンに俳句の作者をひきずりこむところがあり、分かりづらいともいえる。

実は、この句作法は二段階に分かれていて俳句の作者は「じっと眺め入る」ことが最初に要求され、そのうち「じっと案じ入る」ということに「落ちて」行くという。この二つのプロセスに関して虚子は【この「じっと眺め入ること」と「じっと案じ入ること」とは、大きな隔てを置くべきものではないのであります】ともいう。つまり連続的に順序立てたプロセスということではなく、「じっと眺め入ること」と「じっと案じ入ること」とが分かちがたく同時に進行することも当然あると述べている。具体的な心の中のプロセスが述べられているので、追ってみよう。

まず「じっと眺め入ること」に関しては、春先に鎌倉の水辺を散歩していた時のあたりの様子が活写され、ついで虚子の心の中のプロセスが詳細に表出される。少し長くなるが引用する。

……その事実というのはほかでもありませんでした。そこにゴミとも何ともつかぬ、混雑した中にどこか秩序のある、赤っちゃけた泥とちょっと見さかいのつかぬような色をした、やはり、一種の藻草――それはもうこの間の冬の寒さに無用の廃物となってもとの泥にもどろうとしているような藻草――があるあたりに、銭ほどの大きさの青い一つの葉が夢のように浮いていたことで、私はその冬の名残である廃物の藻草とこの新しく来るところの春のシンボルのような一枚の浮草の葉とを凝視したのでありました。

そこには続いて第二の事実が発見されたのであります。その古い藻草と新しい浮草とはまったく没交渉のものでありまして、一見したところではちょうど同じような場所に見えましたけれども、その浮葉には別に一つの茎が永く永く延びていて、それはその一かたまりの藻草の上を遥かにすべって、思わぬ方の、ずっと遠方の水底に根を下ろしていることが明白になったのであります。

私の心は何ということなく興奮してこの事実の上に興味を見出しまして、その葉から延びている細い長い茎をたずねて深い水底の泥の方に目をたどっているうちに、私はまた第三の事実に逢着したのであります。それはこの根から出た茎は私の初めに見出した一本ではなく、なおその他に数本の茎がその一本の根から放射状に出ていることで、それらは同じように長い茎をして、遥かな距離の水上にやはり一つ一つ銭ほどの葉を浮かべているのでありました。ちょっと水上ばかりを見ると、彼の葉とこの葉とはあまり離れているので、まったく別の根から出た水草としか思われないのでありましたが、それが一つの根から出たものであることに気がついてみると、なるほど、それはことごとくシンメトリーに幾何学的に置かれた浮標であるかのように、同じ距離を保って小さい葉を浮かべているのでありました。……

引用文で「じっと眺め入る」という行為の具体的内容がよく分かる。「じっと眺め入る」ことによって、虚子は三つの「発見」をしたことが述べられている。じっと眺め入るということは実は何かを、それは新事実とか、新知見とかいうものでなくともよいが、観察者が新たな「発見」をすることなのである。

この「発見」は通常の注意深い人にとってはとりたてていうことのない日常の行為のようだが、思った以上に意識的な訓練が必要である。特に自然科学者をはじめとして研究者には一般に人の気がつかないような事象も見逃さない訓練が行き届いた人が多い。「じっと眺め入る」という行為は実質上「観察」という行為そのものである。「俳句を作るようになって、周囲のモノコトの見え方が変わってきました」という声を入門したての方からよく聞くし、教室で「自宅の近所にどんな花や樹木があるか、どんな虫を見たか、マップを作ってきなさい」という宿題を出すと、しばらくして近所の散歩が楽しくなりました、等の感想をよく貰う。

自然科学的「観察」は、まずは事実を細かく客観的に（さらにはなるべく定量的に）記録することに費やされる。対象は専門分野によりいろいろあるが、その事象に新規性があるほど観察の成果と感じる。次の段階は観察結果（results）を考察（discussion）して、結論（conclusion）に導く。俳句における「じっと眺め入る」を「観察」に対応させて考えてみよう。先ほどの三つの発見に虚子は新鮮味を感じている。新規性があれば、さらに強い感動に結びつく。虚子は発見の感動を次のように述べる。

……この事実に逢着して私は飛び立つほどの嬉しさを覚えました。自然は私にこういう事実を教えてくれたのだと思うと、じっとしていられないような心持がするのでありました。私は覚えずこういう句を作りました。……

虚子だけではない。俳句ではモノコトをよく観なさいという。多くはこの観ることによって周囲の世界から、今までに脳内に蓄積された経験に加える新鮮味を発見しうれしさを感じるためである。無論「観る」は単に視覚の作用だけを意味しているのではなく、いわば作者の心、あるいは思考を通した一種のイメージ生成プロセスと捉えてもよい。

○「案じ入る」こと

単に見るのではなく、観るという行為、すなわち、モノコトの背景にあるべき何かを洞察することで、さらなる「深まり」を目指すプロセスが「案じ入る」である。そのことの意味を高浜虚子は別の句で具体的に示している。これも少し長いが引用する。

秋風やいつ迄逢はぬ野路二つ　虚子

……これは明治三十八年の句で、私は秋風というもののある趣に案じ入った時この句はできたのであります。ここにほとんど併行している野路が二つあって、それがしばらく行っても容易に出逢わない、この二つの野路はいつまで逢わずにいるのであろう、とそういうところに秋風の趣が見出されるのであります。その道とこの道、同じ方向に進んでおる二つの野路であるのに、それが容易に出逢いそうもない、ということは、かつて「二つの併行する直線は無辺空際まで行っても出逢わない」という話を聞いた時のように、その二つの野路がいつまで行っても出逢わぬという点に私の心はさびしく躍るのでありまして、それがまたあたかも秋風のある淋し味としっくりとはまるのであります。こう解釈してゆくと自讃するように聞こえますが、ただ私のこの句をなすに至った道程だけをお話しいたすのであります。……

「じっと案じ入る」というのは、虚子においては頭の中でいったんその景を自分の詩嚢にある琴線と共振させるという作業、ここでは、二つの「道」が平行して交わらないことを自分の人生や思想を道に擬え、他人のそれと交わらないことを嘆じるということである。その時の作者の心はそれまでの作者の詩嚢に蓄えられている「秋風の趣」と共鳴し「さびしく躍」ったのである。この瞬間に「じっと眺め入る」ことで得られた五感にある諸々の情報が作者の情趣に裏付けられたイメージとなるのである。

ここで注目しておきたいのは、虚子がいみじくも「案じ入る」というプロセスを説明するとき、趣という言葉を使用していることである。【ある題の趣に深く深く考え入って、執着に執着を重ねて、その題の意味の中核を捕えてこねばやまぬという句作法】とか【ある趣に案じ入った時】

とか、俳句の趣について考えることを、案じ入るの意味としていることである。俳句は哲理を追い求めるための表現様式ではない。あくまで興趣を明確にするための表現様式である。物の本質を追求し表現するとか、俳句道という表現はややもすれば俳句という表現様式を逸脱しかねない、そのことを虚子は認識していたゆえの記述だと思う。

§2 「案じ入る」という俳句の興趣の分岐点：秋櫻子と素十の案じ方

○興趣のこと、「情」のこと

「案じ入る」というプロセスは、作者の「趣」が深く関わるプロセスである。趣を感じて人は詩歌を創ろうとする。趣は人間の感情で、古くは季節の趣、恋、別れなどいくつかのジャンルに集約されていた。ジャンルはそれほど多くはない。現実の人間の感情も社会の様相に応じており、複雑な分類を必要としなかったのかもしれない。だが時代の変遷とともに生じる人間生活、社会の複雑化に対応するのだろう、趣の種類も多様性が広がっている。万葉時代が素朴さ、おおらかさが特徴的な興趣であったし、中世以降には無常感が広がった。現代の都市生活からくる疎外感や宇宙的感覚なども時代の生み出した趣の多様性の一部である。

「趣」ということをもう少し考える。もともと俳句で使用する「趣」は風情に近い意味だろう、風情も種々の辞書から総合して〈ある場所や物事が持つ独特の雰囲気や感じ。特定の場所の景観や、季節の移り変わり、伝統的な行事など、感覚的に感じ取ることができる要素〉〈上品で味わい深いこと〉〈能楽での所作、しぐさ〉等々があり、混乱を招きやすい。そのため詩歌における種々の「趣」を興趣と表現することにする。興趣は詩歌における表現のきっかけとなった個々の「趣」を意味するが、宋時代の詩論で使用されている言葉（後述）である。

興趣を云々する場合に、考慮すべき言葉に「情」や「情趣」がある。ただ、これらの言葉も使いにくい。「情」という言葉は、よく「理」と対比されるが個々人の心の動きの内容を示す言葉である。だが、今日では個々の人間の存在も宇宙の存在物の中の一つにしか過ぎないことが認識されている。近代は個人の存在を絶対視することに力点をおいたが、今では、個々の人間を離れて相対化したところ（メタな境地と称しうる）に生まれる興趣もある。そのような興趣は従来の情（趣）と分別して「非情」という呼び方をしている。「非情」という感覚で最も近いものは「客観」という言葉だろうが、「客観写生」や「非人情」という言葉があり、その言葉独特のニュアンスが歴史的に出来上がってしまっているし特に「客観写生」の言葉から作者の興趣を否定した手法のような誤解さえ生まれている。それで「非情」という言葉で、新しく現代に生じてきたいくつかの興趣を示すのが妥当と考える。

前掲の虚子の二つの句でいえば、私には〈一つ根に離れ浮く葉や春の水〉の方が面白く、作者が案じたと興がっている〈秋風やいつ迄逢はぬ野路二つ〉は子規流にいう理の句でありつまらない。短詩型である俳句は案じたことがたやすく見えてしまったら、おおむねはつまらないのである。もちろん「じっと案じ入る」ことが悪いと言っているわけではない。〈一つ根に離れ浮く葉や春の水〉も、虚子は案じ入った結果だというかもしれない。事実虚子は【「じっと眺め入ること」と「じっと案じ入ること」とは、大きな隔てを置くべきものではない】とも述べているからである。指摘したいのは「じっと案じ入る」によって表出された結果である。実証科学的論文の「考察（discussion）」に対応するような「案じ入る」をすると、表出された俳句が理に傾くのは必然である。「案じ入る」ということの結果をどのように表出するかはかなり俳句の本質にかかわっていると考える。さらに案じ入ることについて考察しよう。

○「案じ入る」のは作者と鑑賞者

この「案じ入る」ことこそ、俳句の興趣を決定する重要なプロセスで、俳句の種々の考え方、特に近代以降の考え方の相異を生み出す分岐点になっていると考えられる。その観点から、過去の俳句の流れを俯瞰し、また未来の興趣への展望を生み出すことも可能である。

『俳句の作りよう』に戻って述べると、「じっと眺め入ること」と「じっと案じ入ること」は、連続的なプロセスである。現実問題としては虚子のいうように分離できないものだろう。しかもさらに案じ方は作者個人の経験・詩嚢の中の種々の思いで方向づけられる。記憶、季節感的趣味もあるだろうし、人間の詩歌に歌いあげてきた賀、相聞、離別、等々の種々の興趣との関連を考察することもあるだろう。

しかし俳句で特に重要なのは、作者が案じ入る際に、次のプロセスとして読者の存在を強く意識しなければならないことである。俳句の表出は真理の開示でもなければ、個人の興趣の直接的開示でもない。モノコトを示すことによって、鑑賞者に言外の興趣の世界の存在を示すことである。つまり「案じ入る」のは読者にも委ねられた作業であり、作品はその興趣をモノコトで示すために作者が表出するのである。それが俳句という文芸が世界的にも独特である大きな理由である。

○「眺め案じ入る」からの興趣の分岐

「じっと眺め入る」と「じっと案じ入る」は虚子にあっては写生のための基本作業である。俳句における写生の意義については研究論文や論考は網羅し尽くせないほどあるが、近代俳句以来の基本的な作句法となったといえよう。近代以降の俳句の流れの大きな部分はこの写生という技法から来る俳句の性格をめぐる争いであったといっても過言ではない。

しかし虚子が示したプロセスは、単に写生という技法にとどまらない内容を秘めていることを述べてきた。つまり「案じ入る」ことで句作の対象としたモノコトに作者は己の興趣を投影させるための言語空間を構築し、また読者もその作品から受けた波で己の言語空間を共振させ興趣を覚える。

「写生」という技法をめぐる論争も、視座をかえれば、求めようとした興趣の評価をめぐる争いとして紐解くこともできる。「花鳥諷詠」という言葉で虚子が言わんとしたことも、結局何を興趣とするのかという観点からの理念と捉えてもいいのではないだろうか。

○秋櫻子と素十の興趣

水原秋櫻子が虚子のもとを離れることになったのは「ホトトギス」誌の「秋櫻子と素十」において、秋櫻子と素十、二人の句を比較し、【厳密なる意味に於ける写生と云ふ言葉はこの素十君の句の如きに当て嵌まるべきものと思ふ】（＊2）としたことが、引き金とされる。それに反発し秋櫻子は「客観写生」の理念を「自然の真と文芸上の真」で批判した（＊3）。新興俳句運動がはじまるきっかけともなるよく知られた出来事である。

だが、この評価は人脈史的枠組みを別とすれば、写生という技法の理解にまつわる、俳句世界というガラパゴス社会に生じたできごととしか思えない。実は興趣の評価をめぐる争いだったと判じた方が実りある結果を生むのではないか。

○葛飾を詠った句

吟行にゆけば周囲を「じっと眺め入る」、そして俳句を作る。葛飾は水原秋櫻子の句集の題にもなったが、東京の葛飾区から千葉県の市川市あたり、伝説の「真間の手児奈」に所縁の地であり、学生時代には私も手児奈の跡を尋ねていくども散策したことを思い出す。辺りはすでに東京のベッドタウン化していたが、それなりの風情が残っていた。秋櫻子も素十もよくそのあたりを吟行して歩いたそうだが、昭和初期だから、そのころはまだ今より江戸の郊外的雰囲気が残っていたに違いない。

葛飾や浮葉のしるきひとの門
夕ぐれの葛飾道の落穂かな
葛飾や桃の籬も水田べり
梨咲くと葛飾の野はとの曇り

どれも有名な句なので、多くの読者は、それぞれが誰の句か分かるであろう。しかしもし、前もっての知識が無かったとしたら、どの句が客観写生の徒である高野素十の句で、どれが文芸の真を主張した水原秋櫻子の句であると、峻別できるであろうか。困難だと思う。二人の差異は写生という技法の問題ではないからである。

吟行にいった人なら、まずは「じっと眺め入る」をおこない、ついで「案じ入る」プロセスでその人の句作の態度は意識的無意識的に分岐するはずである。まして秋櫻子や素十である。案じ入り方が意識的に異なっていたはずである。だが興趣という視座をとおすと、明らかに異なる。第二句だけが素十の句である。秋櫻子の三句は同じ葛飾を詠っていても興趣として真間の手児奈の地としての雰囲気が込められて古典的な雅の世界を興趣として有する。素十の句の夕暮れはどちらかというと西洋的な光を感じさせる。バルビゾン派の「ミレー」の絵の中の景すらイメージされる。同じ景の中にあっても目指した興趣は異なるのである。余談だが、子規に影響を与えた画家アントニオ・フォンタネージはバルビゾン派の影響を受けている。

〇山本健吉の秋櫻子評価：心象風景への道

読者・鑑賞者の側からは、案じ方の相違の問題はどのように捉えるか。山本健吉の評価を通して考えてみる。

葛 飾 や 桃 の 籬 も 水 田 べ り　　秋櫻子

この句に関する作者秋櫻子の言葉は非常に興味深い、そしてそのまま「じっと案じ入る」ことの一つの方向性を示している。山本健吉は『現代俳句』において葛飾がある時期の秋櫻子にとって恰好の吟行地であったことを述べたあとに、秋櫻子の言葉を引用して、この句が眼前の葛飾の景を詠ったモノではなく、秋櫻子の記憶の中の景を詠ったものであることを説明する（＊4）。

……だが彼は言っている、「私のつくる葛飾の句で、現在の景に即したものは半数に足らぬと言ってもよい。私は昔の葛飾の景を記憶の中からとり出し、それに美を感じて句を作ることが多いのである。――今の葛飾の景はあまりに詩趣に乏しく、そこに題材を捜し求めることは容易なわざではない」（俳句になる風景）。彼は小学校・中学校の時分に葛飾へ数回遠足に行ったが、その時の風景が彼の印象に強く焼きついているのである。「むかしの葛飾の景は実になつかしい。私は七、八年よく葛飾を歩いては句を作ったが、その時でも眼前の景を眺めつつ、心はむかしの葛飾に遊んでいて、題材をそこに得ることが多かったのである」（同）。これは彼の俳句発想の機微をよく物語っていると思う。……

記憶の中の景、それは作者の中のイメージである。現実の景はそれを触発するための引き金に過ぎない。したがって、これは案じ入った時の一つの方向である。山本健吉の鑑賞は【完全なもの、純粋なもの、美しいものを希う芸術家本来の希求が、彼においては潔癖なまでにあらわであって、客体として存在する風景から、彼の観念の中にのみ存在するより純粋にして完全な風景画を導き出すのだ。】と礼賛し、引き続き【風景が彼の観念を模倣せねばならぬ、これが彼の風景の愛し方だ】とまでいってのける。

虚子がどのように評価するかは別として、「回想の風景画であるとともに、想像の風景画」、じっと眺めるコトに触発される心象風景、これが案じ方の一つの方向であることは間違いない。

葛飾や浮葉のしるきひとの門　秋櫻子

山本健吉は、この句に関しては、あっさりと「彼（秋櫻子）はここでもう一度、同じ詠歎を繰り返している」と指摘して、手児奈伝説と山部赤人の〈勝鹿の真間の入江に打ち靡く玉藻苅りけむ手児名し思ほゆ〉を背景に「葛飾というと水を詠まないではいられない」と述べる。このことからも、俳句では読者・鑑賞者がその景から案じ入ることに重要なプロセスがあることを再認識させる。この場合は案じられたのは、詩嚢にある万葉の趣であり、健吉の詩嚢にもある古典的情趣である。

梨咲くと葛飾の野はとの曇り　　秋櫻子

この句は内容的には方向が同じである。葛飾という土地が歴史的に持っている万葉的情緒を表出しようと表現技術を秋櫻子が駆使していることを健吉は指摘している。「とのぐもり」は万葉集の用語であり〈とのぐもり雨降る川のさざれ波間なくも君は思ほゆるかも〉などという歌がある。「梨咲くと」といういいまわしも、万葉集にある〈あしひきの山の雫に妹待つとわれ立ちぬれぬ山の雫に〉の「妹待つと」といったような表現と同じである。つまり「梨咲く」と、「葛飾の野はとの曇り」との間に因果関係は成り立たぬわけで、元来並列的なものに、原因結果を感じ取っているのだから、主観的な詠歎が、ここに微妙な形で侵入してくるのだ、ということ。結論として「非常に印象的な作品であり、また巧みに万葉短歌の言葉と調べとを取り入れて、美しい抒情的な風景句になっている。」と評している。

結局、過去の思い出の景に重ねたり、万葉的情趣に景を重ねたりすることによって、種々の心象風景を生み出すことを高く評価している。秋櫻子が「案じ入る」ことで得られた興趣がそれである。案じることによって分岐の方向を明確にしたと考えられる。

○山本健吉の素十評価：「何でもないが棄てがたい」

さて「厳密なる意味において写生の句」（＊2前出）といわれた高野素十の句について山本健吉の評価に触れることは興味がある。山本健吉は『現代俳句』（＊4前出）を著し、また人間探求派の名称を作り出すなど、戦中から戦後にかけての情を中心とする俳句を推進した評論家だから、素十の客観写生の句をどう評価するかということである。

夕ぐれの葛飾道の落穂かな　　素十

山本健吉は、秋櫻子や素十がよく葛飾吟行に出かけたという。秋櫻子の葛飾道を題材とし手古奈への思いを背景とした〈葛飾や浮葉のしるきひとの門〉の句と比較して、【素十の前掲の句には、「葛飾道」と言っても、それほどの主情はこもっていない。またこもっていないものとして味わい得るのである】とあるように、主情がこもっていないとする、だが、ここでは主情という内実は作者の詩嚢に纏わる情、つまり幼少の思い出や古典的情趣であろう。

しかしまた次のような鑑賞も行う。

……作者の眼は道に落ちた一本の落穂に膠着する。何か心緒に触るるものがあった。さだかな形を持ったものではない。時は夕ぐれ、処は葛飾道――そして彼の心はあの一本の落穂にまた戻っていく。心裡の落穂が漸次焦点をはっきりさせてくる。それは夕暮れの葛飾道の落穂なのだ。それ以外のものではあり得ないのだ。

何でもない淡々たる表現であるが、棄てがたいのはなぜであろうか。何かここには田園の夕景の哀愁がある。にじみ出してくるような作者の詠歎の揺曳がある。……

ただここでは山本健吉は「何でもないが棄てがたい」モノの正体を明らかにできていない。

翅わつててんたう虫の飛びいづる　　素十

葛飾を句材としたものではないが、健吉が『現代俳句』で扱っているもう一つの素十の句の鑑賞をみてみよう。

……「翅わつて」とはこまかいところを見つけたものである。誰でも天道虫の飛び出す直前の動作は見て知っているのであるが、「翅わつて」とは言い取ることができないのである。これは小動物の可憐な動作をはっきり捕えている。素十にとっては、愛情とは凝視すること以外ではないのだ。……

ここでは「凝視すること」が愛情であると述べている。小動物に対する愛情の眼差しだろうか。まさか呆然と凝視しているわけではあるまい。愛情であると案じたのは鑑賞者健吉である。作者素十が何を案じていたかは顕わには表出されていない。だが健吉は強く何かを感じたのである。秋櫻子なら、きっと何かいわなければ気が済まなかったのであろうが、何も言わない方が鑑賞者の胸に響くこともあるということである。響くか響かないかのことはリアリティの問題、イメージの問題なのであるが、とりあえずは眺め入った段階で得たイメージをそのまま表出するのを写実主義というとする。「何でもないが棄てがたい」モノはリアリティのある表出が読者健吉のイメージを喚起したのである。写実主義はリアリズムの訳語の一つである。だがリアリズムという語には歴史的に付随する種々の意味があるので、ここでは「リアリティのある」と表現する。なお虚子の時代までの写生説とリアリズムの関係は北住敏夫が詳しく論じている（＊5）。

§3　加藤楸邨の案じ入りと飛躍

○観照のこと

じっと見るでなく、虚子は「じっと眺め入る」という言葉を使用した。「眺める」には主体が客体に働きかける行為が感じられない言葉である。物理的働きかけだけでなく、案じることもない感じすらする。だから、「案じ入る」と分けるのに「眺め入る」と虚子はしたのだろうと推察するのも面白い。しかし、主体の行為が感じにくいというところに不満を感じる人が多くいた、と考えると言葉の働きは面白い。

俳句では案じることによく似た言葉をいくつも使う。「真実感合」、「物心一如」などであるが、いずれも禅問答の「公案」に近いニュアンスで響いてくる。各々俳句ではすこしずつ力点の置き方が違うので、それぞれの言葉が使用されるに至った源泉と目的を考察することが肝要であるが、それは改めて整理しなおそう。

ただ、繰り返しになるかも知れないが、作者が「じっと案じ入る」「(実相)観入」「観照」「真実感合」などのプロセスを経て表出するのはとりあえずは作者の世界の話で、読者の世界とは別である。だがいったん表出された俳句は読者の中で、似たような作用を引き起こしているのであり、俳句に於いてはその作用を重視するところに特徴があることだ。俳句の表出は作者のイメージの正確な伝達のためにあるのではなく鑑賞者のイメージを豊かにわき上がらせるようつくられるべきなのであり、それが俳句の最も優れた性格を作っていることである。いわば俳句は作者と鑑賞者の合作として完成する。

○「案じ入り」楸邨

「案じ入ること」の分岐点では種々の方向に進むことが可能である。秋櫻子は自分の詩囊の中の古典的趣に帰ることを得意とし、それに成功したし、また素十は凝視により対象への愛情を、山本健吉に「何でもない淡々たる表現であるが、棄てがたいのはなぜであろうか。」と言わしめた方向（これは後述する）で一種の興趣の進歩をなしとげた。案じ入ることの分岐点には作者の数だけ案じ入る方向がある。いまだに季語の本情的趣の再生産は本流であるし、次々と新しい生命の誕生とともに絶えることはないであろう。しかし俳句の地平を切り開き、新しい方向を示す作者は、そう多くはない。加藤楸邨はそのことを意識して方向を定めた一人である。

ふくろふに真紅の手毬つかれをり　楸邨
泉はなきかカイバル越えの弱法師

楸邨の句で特に好きな句を挙げよといわれるとき口をついて出る二句である。ともにじっと眺める領域から逸脱した句であり、その興趣はそれまでの俳句世界では類を探すのは困難な句である。梟の赤い手毬については暗喩的な判じ物のような鑑賞も多々あり、それぞれ面白い。しかし私にとってはこの句に表出されたモノコトから生じてくる美しいイメージをいろいろと案ずることで癒され、かつ若干の不安をも感じるだけで充分鑑賞の喜びにひたれる。

後の句は楸邨が昭和十九年におとずれたゴビ砂漠での句として知られている、だがこれもいわゆる旅吟の醸し出す興趣をはるかに超えているイメージ世界である。弱法師を古典的能の世界と結びつけることも面白い。だが読者の案じ入る世界はもっと無限である。

少なくとも楸邨の興趣は従来の俳句のそれとは別なところにあるのは明確だ。楸邨の興趣はそれまでの既成の枠には収まらない、飛躍する力のある興趣である。

○神田ひろみ氏の楸邨

加藤楸邨の「寒雷」の同人で文学者である神田ひろみ氏の『まぼろしの楸邨』（＊6）は、従来の楸邨研究を集大成した力作である。後期作品に触れた一連の読み解きは鑑賞者の案じ入りによって俳句は完結するというおもしろみを充分味わえる。

特に興味深いのは、【楸邨の俳論「真実感合」は「〈写生〉の観念によって性格づけられる俳句観からの脱出」を志向するものであった】ことを示し、芭蕉や北村透谷との類似性を指摘しつつ芸術的衝動に重きを置いたモノであることを述べている箇所（「内部生命論」と「真実感合」88頁）である。このことは「じっと眺め入ること」（そして「案じ入ること」）をしないことが写生の「概念」であり、それを俳句の「観念」だと信じていた俳人たちに対する反発を意味しており、加藤楸邨の問題意識も其処にあったことを示している。

透谷の「内部生命論」と加藤楸邨の「真実感合」の親近性を論じたところも面白い。透谷は明治元年生まれの日本のロマン主義の先駆けであり、近代的自我を確立した一人である。（彼の小論『人生に相渉るとは何の謂ぞ』は若い時代に読んでおきたい論文の一つだ。）特に透谷の述べた「人間の生命を観察するの途に於て、極致を事実（リアリテー）の上に具象の形となすものなり」と、楸邨の述べた「具象的にあらわれることを、象徴的表現と呼びます」という表現に関する具象を重視した二つの論の類似性というより酷似性を指摘したのはその通りである。このことから、初期の加藤楸邨、「真実感合」を提起していた頃の楸邨は具象的な形として作者の芸術的衝動を表出することによって近代初期の日本文学の情趣を開花させようとしていたと言える。時代の思潮に遅れがちな俳句の流れにおいては透谷に遅れて楸邨が歩んだ当然のとおるべき道だったのであろう。

○「真実感合」から飛躍する案じ方

「子規以来現代俳句に至るまで写生といふことが、俳句の信條であつた。この写生と寄りつ離れつ子規以来の俳句の波は起伏してゐる」（＊7）というのが初期の加藤楸邨の認識である。だが「模範的写生論」が現実には成立するはずがないことをも楸邨は指摘している。そこで主張されたのが「把握と表現が一枚になるためには、真実感合といふ態度に徹する外ない」（同右）ということであり、主客二元の写生論への対決という意味合いで述べられた。本来的には芭蕉俳論の「物我一如」とか齋藤茂吉の「実相観入」との親近性は強いが、発想契機の上からの飛躍とした点は「案じ入る」ことの分岐点を考える上で重要な発想というべきである。

特に写生を唱導した正岡子規の句

鶏頭の十四五本もありぬべし　正岡子規

を【主観も客観も区別せられない、それ以上のものである。（中略）目で見ることの底を抜いてゐるといつてもよい。客観写生の限界から、一歩高く身を躍らしてゐるのである】と評しているのは、まさに案じる段階での、「観ること」による飛躍である。「真実感合」は俳句の野狐禅的キーワードに閉じこめずに案じる段階での方向として再評価すべきであろう。

§4　何を詠うのか：「ただごと俳句」を案じる

○現在の状況から

今までも存在し、あまり高く位置付けられなかった興趣がある。中でも「ただごと俳句」（もっと広義にいえば「非情の俳句」（＊8））に私は大きな期待を寄せている。「じっと案じて」分岐する方向の一つだからである。従来、俳人のなかに「ただごと俳句」を前向きに評価し、正面から論じる風潮はなかなか広がらなかった。とはいえ、このごろは「何かあるのかも知れない」と思うのだろうか、それを論じる傾向が少しずつ広がっている。例えば２０２１年末には俳句総合誌「俳句」の特集に「〈ただごと〉と〈俳句〉の境界」（＊9）があり、多くの俳人が意見を寄せていた。それは喜ばしいのであるが、一部の論考を除いて多くの論考は私にはあきたらなかった。従来の繰り返しが多く、「ただごと俳句」が持つ将来性を解析するという観点からは、あまり心に響いてくる論考がなかったからである。

それとは別に俳句総合誌「俳壇」に連載された栗林浩氏の「難解俳句を囓る——その鍵を求めて」という論考は、難解俳句がテーマで読み応えのあるものだが、その中で「ただごと俳句」を論じている回があった（＊10）。難解俳句を論じる際にその対極として「ただごと俳句」を考察するというのが栗林氏の趣旨であるが、この視点は面白い。反語的だが、「ただごと俳句」は通常には良さが分かる人が少ないから難解俳句である。「『ただごと俳句』が目指している物は何か」にせまるための切り口をいくつか与えてくれた。そのことも含めて、この論考はひさしぶりに知的興奮を感じ、かつ楽しかった。

まず「ただごと俳句」はどのようなものかを示さねばならない。栗林氏は前述した「俳句」特集の論者十一名が選んだ「ただごと俳句」の例を挙げている。

古池や蛙飛び込む水の音　芭蕉
食べてゐる牛の口より蓼の花　高野素十
＊甘草の芽のとびとびのひとならび　同

方丈の大庇より春の蝶　同
冬晴れのとある駅より印度人　飯田龍太
＊永き日のにはとり柵を越えにけり　芝　不器男
＊いなびかり北よりすれば北を見る　橋本多佳子
菜の花や月は東に日は西に　蕪村
＊流れゆく大根の葉の早さかな　高濱虚子
しぐる、や駅に西口東口　安住　敦
首長ききりんの上の春の空　後藤比奈夫
薄氷の吹かれて端の重なれる　深見けん二
冬の波冬の波止場に来て返す　加藤郁乎
鳥の巣に鳥が入つてゆくところ　波多野爽波
（＊印は複数回挙げられた句）

栗林氏が挙げた他の例も示す。

川を見るバナナの皮は手より落ち　高濱虚子
滝の上に水現れて落ちにけり　後藤夜半

噴水をはなれたる人去りにけり　同
焦げすぎず焦げ足りもせず焼けし鮎　後藤比奈夫
海鼠切りもとの形に寄せてある　小原啄葉
石蕗の花お墓はみんな石である　鈴木石夫
柿の花から柿の実になるところ　田中裕明
青嵐神社があったので拝む　池田澄子
煙出しより煙出てゐる時雨かな　黛　執
春光や飯にかけたる塩見えず　小野あらた

栗林氏の関心は「一瞬つまらなく見え、やがて佳句のようにも見え始めるのは、一体何故なのであろうか」ということであり、これは本稿で「案じたあと」のプロセスを考察することでもある。栗林氏は「ただごと俳句」を定義することは困難と見たのであろうか、「通底するもの」として次のように指摘しているので引用する。これでおおよその世情にいう「ただごと俳句」の輪郭が浮かび上がることで、その性格も見えてくるはずだ。

……ここで、先に挙げた「ただごと俳句」の例句にもどって、各句に通底する特徴を小生（注：栗林氏）なりに挙げて見よう。

①普段の平易な言葉で平易な季語を用いて、
②対象をよく見て、多くは客観写生的に、
③五七五の韻律を崩さず（句またがりや破調でなく）に、多くは一物句的に、
④アイロニーでなく、啓蒙的でなく、老病生死でなく、思想的でも哲学的でもなく、絵葉書的でもなく、
⑤大よそ普遍性があり、極端な一回性でない事象、そこに気づきがあって、
⑥自明すぎていていままで誰も俳句に書いたことがなく、散文に直したら全くつまらない、ような俳句ということになる。挑戦し甲斐があるが、失敗すると駄句にもならない。その点、難解俳句と同じである。……

この箇所に続いて栗林氏は、【句会などで「ただごと俳句」を出すのは勇気が要る。なにせ一見パンチがないので、見過ごされる。それを覚悟せねば出せない】と指摘していることから、ただごと俳句は現状一般には受け入れられていないと再認識しているようだ。その後に〈鶏頭の十四五本もありぬべし　子規〉、〈滝の上に水現れて落ちにけり　後藤夜半〉、〈焦げすぎず焦げ足りもせず焼けし鮎　後藤比奈夫〉、〈海鼠切りもとの形に寄せてある　小原啄葉〉、の四句に対して彼自身の鑑賞を加えて「ただごと俳句」の面白さを強調する。その際、前の二句に関しては、人口に膾炙しているが毀誉褒貶の多い句であること、また比奈夫の鮎の句ではとぼけたおもしろ

みを味わうのには読者側の姿勢が必要であること、啄葉の海鼠の句にはひねったあとがなく授かったような句であることを評価して、【不思議にみな嘱目句である】と結んでいる。私はこの嘱目句である、と言うところに注目したい。嘱目句というのは「俳諧で、指定された題でなく即興的に目に触れたものを詠む」と定義されるが、目に触れたモノを詠む、写生句であり、いわばじっと眺め入ることによって生まれる句であり、いわばリアリティのある句である。

かつて素十の俳句に対して山本健吉が「何でもないが棄てがたい」と評したのもいわば「ただごと俳句」に関する何か不思議な意力を感じての言葉である。つまりこの不思議さをできうるかぎり解明したいのである。

○「ただごと俳句に通底する性格」へのコメント

ここで栗林氏が「ただごと俳句」に通底するとした項目に関しコメントを付してみたい。

①は栗林氏の指摘どおりであり、まさに平易な言葉と季語を用いることは「ただごと俳句」の基本である。平明さは芭蕉のいう「おもくれ」を忌避することにも通じる。時おり歳時記で見つけた季語の異名を使いたがる人がいる。そのような言葉を使えば本人は「異化作用」(注:後述する)があ りそれを利用したのであろうが、読者にとっては珍しくもないことの方が多い。異名にはそれだけの存在理由と異なる言語空間があり、それを理解しないで用いると、句趣としてアンバランスのマイナス効果になることがある。雅語等も同じことだ。例えば「ぶらんこ」を「ふらここ」

と表記する人は多い。「ふらここ」を雅語として俳句に用いることでこれも一種の雅装（注：これは優雅さを装うという筆者の造語）であろう。いつの時代から俳句は雅装を好むようになったかは別として、本来、俳の世界は通弊化した雅の世界を離脱することを目指したはずである。十年以上昔だが、ある芥川賞作家で俳句を嗜む方と句座をともにしたことがある。句の詳細は忘れたが、あるご婦人が「ふらここ」を材料として投句した。批評の段階でその作家は「何故「ふらここ」などという言葉を使ったのか」と少し詰問調でその婦人に尋ねた。婦人としてはごくあたりまえに「ふらここ」を使用したのだろう、しどろもどろになって弁解し、私に助け船を求めたが、私もアンバランスな雅装と思うので助け船の出しようもなかった。その時、思ったのは、その作家は流石一つ一つの言葉の意味する「空間」を大切にするな、ということ、及び俳句を非日常的雅の世界に遊ぼうとして求めている人が多いのだという再認識であった。付言すれば、ぶらんこの異名「鞦韆」は中国の宮廷遊技で、言語空間としては艶めかしさを漂わせている言葉だ。性行為時の感覚をも漂わせている「半仙戯」もそういうことだ。それらのことを意識しないで、珍しいからといって使用すると場合によっては噴飯物になる。寄り道をしたが「ただごと俳句」は平易な日常性の表出に特徴があり、したがって平易な言葉を用いることが基本である。案じるというのはそこになにがしかの興趣の世界を創り出すことである。興趣の世界はわずか17文字を基本とする数語の言葉が有する言語の意味の空間のハーモニーを創り出すことである。全く同じ言語空間を持つ異名はない。

次に②の「対象をよく見て、多くは客観写生的に」という指摘であるが、まず「対象をよく見て」という行為は本論でテーマとしている「じっと眺め入る」ということそのものであり、格別に「ただごと俳句」特有ではない。続いての栗林氏の「客観写生的」という指摘が重要である。客観写生的であることは「案じ入る」時の一つの分岐点になることは前述してきた。このことはリアリティということでさらに深く考えることが必要である。

次の③の音韻や一物仕立てに関してはどうであろうか。私は「ただごと俳句」において本質的に通底するものだとは思わない。だが作者側から考えると作者自身が「ただごと」を意識した場合は常より五七五の韻律を保とうとする意識が働くことはたしかだろう。

次の④は内容についてである。否定形の定義は輪郭が定まらないので「ただごと」の定義というわけではないだろうが、「ただごと」でない性格として「アイロニー」「啓蒙的」「老病生死（宗教的あるいは人生論的という意味でもあろうか）」「思想的哲学的」であることを述べている。私自身は広い意味での理や情ではない非情の句の一部であると「ただごとの句」を理解している。「絵葉書的でもなく」という項もあるが、これは陳腐さを排する（新鮮さを重んじる）ということであろう。このあたりは、さらなる検討が必要であろう。

⑥の「ただごと」の特徴の指摘のしかたはとてもユニークだ。それに「ただごとの俳句」が「句会でウケない」理由をも説明している。ここには読者の質の問題を含め、句作の技術と作品鑑賞のあり方の問題が鮮明に現れていると理解している。

○気になるキーワード・リアリティ

上述したように栗林氏の「ただごと俳句」評から、俳句の未来への道に残されている問題のいくつかを抽出できる。繰り返しになるが、課題は山本健吉が何故か棄てがたいといいながら放置した、素十の「ただごと俳句」の魅力と同根である。私はこれを案じ方における一つのキーワード・リアリティの問題と見ている。嘱目というのはリアリズムの技法の基本である、実際のモノを観て案じることを意味する。【不思議にみな嘱目句である】という言葉がそのことを端的に示している。

§5　如何に詠うのか：「脱自動化」という案じ方

○案じるべき二つのこと

虚子が『俳句の作りよう』でのべたように俳句は「じっと眺め入る」そして「じっと案じる」が基本である。「『じっと観る』が俳句の根本姿勢である」という「信仰」めいたテーゼが私の論考の出発点にある。その上に「じっと案じ入る」で俳句の目指す世界（句趣）の相違は出てくるという俳句の作られるプロセスを作業仮説として論をすすめている。作者は「じっと案じ入る」

分岐点で、何を求めるか、あるいはどのような方法論的手法を用いるかを定める。読者も案じて自分のイメージを作り上げる。今までに秋櫻子、素十、楸邨を例に三方向の分岐を考察してきた。特に素十を含めた「ただごと俳句」に関しては前章でさらに深く掘り下げてみた。（無論分岐はその三方向にとどまるものではなく、未来へ続くべき分岐は種々である。）

さて、「案じ入る」というプロセスで、作者は二つのことを考慮しなければならない。一つは目指す内容であり、もう一つは読者に如何にそれを「効果的」に表出するか、ということである。これには説明が要る。「効果的」というのは、読者のイメージ作りをサポートするという効果である。俳句では作者の句趣を読者が忠実に再現することを必ずしも意図せず、読者が作品から案じて自らイメージを作り出すことを作者も期待する。そういうプロセスに対する効果である。効果的な表出は、具体的な種々の俳句文体や俳句上の技法を使用することでなされる。無論、虚子も述べているように「じっと眺め入る」と「じっと案じ入る」は分離した過程で起こるとは限らないし、案じるプロセスでもどのような句趣かということと、効果的な表出技法とは必ずしも分離されて意識されていない。場合によっては表裏一体である。韻律性も作者の側の案じるべきことであり、効果的表出手法ともいえる。蛇足になるかもしれないが、句趣というのは作者が目指している景（イメージ）、例えば、原風景的心象風景、優雅なる景、異国情緒的景、雄渾なる景、俳味のある景、人間の生き様が表れた景、社会の矛盾がえぐられた景、日常のノスタルジー、エトセトラ、エトセトラのことである。

此の章ではどちらかというと、作者が案じる際の、表出手法の問題に関して掘り下げてみる。文芸思潮においては何を詠うかとともに如何に詠うかは重要な問題である。

○認識プロセスの解明と表出手法

現代の精神医学や脳科学等により人間の物を認識するプロセスの解明は進み、芸術的理念・技法にまで適用され大きな影響を与えている。俳句の世界では、昔からそんなこととは無関係ですよと、どっしりと構えるのも一つの態度だが、現実への影響は大きいし、「観ること」や「案じること」とは何か等、虚子自身もそれなりに時代の影響を受けながら考察している。他分野の成果を考察するのも案外有効な知見が少なからず得られるのではないか。特に現代の物質とエネルギー（天体も地球も人間ですらそのゆらぎの産物だ）に対する科学的認識の発達と普及は、近代以降急速だ。日常の生活に及びモノコトの本質を追究するという理念を有するべき俳句でも、すでに種々の形で近代科学の知識が俳句の中に及んでいることは認めざるを得ないであろう。人間は自分が見たこともない宇宙からの視線で俳句を作ることができるし、鳥や昆虫の眼差しで見た周囲の様子をリアルに俳句に描くことができるのも科学技術の進歩のおかげである。

○認識の脱自動化

さて、俳句を作る人間が「じっと観る」とき「じっと案じる」とき、また俳句を読む人間が鑑賞するときの「じっと案じる」思考過程に踏み込んでみよう。それらの過程は対象こそ違えども同じ認識上の問題を含んでいる。

人間は周囲からの情報がひっきりなしに入り込んでくる。だが、少なくとも興味の無いものは忘れ去っているどころか認識すらしていないことが多い。ではどうやってモノを認識するのだろうか。そこに生えている草がカンゾウであり、二三本ずつ一列になって固まって生えているということは「じっと観る」を意識的に行ったはずだ。だが日常はそうではない。人間は今までの経験にもとづき、自動的にモノコトを認識しがちというより、ほとんどは一部の情報から自動的に認識して疑わないそうである。もし特に「じっと観る」をしなかったら、実は去年もそこにカンゾウが生えているのを知っていたからカンゾウだと思ったのだし、どんな生え方をしているかなどとは記憶にも残らない。よく探偵小説などでも人間の認識の不確実さ、錯覚が採りあげられるが、あれだ。人間の判断や行動の90％くらいは無意識に行われているという行動心理学者もいる。だが、すべてを意識的に判断して行動していたら、人間はすぐ疲れ果てるであろう。意識的な思考を伴わない効率的な処理が行われるのはある意味合理的であろう。

芸術の分野では逆に自動的な認識になることを避け、鑑賞者に対し、モノコトを強く認識してイメージさせるために、種々の手法を講じた。その手法の考え方を前面に打ち出すことで自分たちの芸術運動の方法論的指針にしたりすることもある。俳句において、よく観ることで新鮮な発見を作者にさせ、かつ鑑賞者にイメージを喚起しやすくするための手法が基本的に「観じ入る」

という姿勢になり、写生になったこともそれだ。後述するが、多くの芸術的思潮の中心になっている手法はこの認識の自動化をいかに防ぐかということである。「異化」というのはフォルマリズムの用語感がぬぐえないし、多くの芸術思想で同類の手法が用いられている。これを「脱自動化」と表して考察を進める。

○「じっと観る」は「脱自動化」である

多くの表現者たちは、鑑賞者の自動的な認識を阻止し、しっかり案じるように、いろいろな手法を考えた。例えば、ロシアのシクロフスキーたちが提唱したフォルマリズムでは「異化」が様々な芸術ジャンルに影響を与えた。鑑賞者は、作品を読んでいて、ちょっと変だな、とか、おや普段と違うと感じると、自動的な認識を停止させる。それが「異化」である。俳句の表出手法としても重要な意味を持つと、かつて述べた（＊11）ことがあるが、まさに本論で言う「脱自動化」だ。「脱自動化」は「直視」することで「生の感覚」をとりもどす、といえば、俳句の作者の側ではあたりまえのように行う「じっと観る」こと、つまり「嘱目すること」である。別にむずかしい理屈はなくても、物を意識的に観ないとしだいに慣れていくことは多くの俳人が経験している。慣れを防ぎ意識的に行うことを促すのが「脱自動化」である。俳句ではまずそれを訓練させてきた。

○俳句にまつわる「脱自動化」の問題点

フォルマリズムの主張では、詩の言葉とするには「いわば思考の節約を旨とする、理解のしやすさ、平易さが前提となった日常的言語とは異なり、芸術に求められる詩的言語は、その知覚を困難にし、認識の過程を長引かせることを第一義とする」（＊12）という。俳句の経験から言うと、ここには大きな矛盾点（矛盾点は、おうおうにして未来に向けた解決点を秘めている）がある。前述してきたように「ただごと俳句」は内容や言葉は平明だ、すると読者にとっては鑑賞が自動的に進みやすい。それが「ただごと俳句」がとられにくい一つの要因になっていることもいえる。では何故そこに捨てがたい物が生まれるのかは別のメカニズムが働かなければならない、少なくとも「脱自動化」が従来の「異化」のような非日常性に期待するわけにはいかないであろう。それを掘り下げる必要がある。

「脱自動化」という観点から考えると秋櫻子風の心象風景の情趣は自動化の最たるものだ。季語の本意に拝跪した句も同じである。容易に読者の中のイメージに結びつけてくれ、読者はそれによって脳内に安らぎを覚える。自動化はむしろ癒しを得る手法ではないか、という考えもありうる。俳句では座の文芸として癒し的空間の創出に重きがおかれる。これは俳句が近代化しえない根源的矛盾である。

もっとも自動化が心地良さ・癒しを呼ぶといった現象は実は俳句だけの問題ではない。映画で忠臣蔵を観るのは同じストーリーの結末故に安心して観ていることだ。健さんと同じで我慢して

我慢して最後に爆発鬱憤を晴らすというパターン、あるいはいつもマドンナにあこがれをいだき、最後にふられて旅にでる寅さんのパターン。季語の本意に従って俳句を詠み鑑賞していると、そのように感じる。大衆化と一言で言ってしまえば、それまでのようだが、実際にはそこには見かけ上の姿の細かな違いがあり、鑑賞者はそのバリエーションを楽しんでいるのだ。だから、他のジャンルでも「心象風景への分岐」と同じような現象があるのだと思う。「脱自動化」は表現者にとって、万能の媚薬ではないことも案じる時の重要なポイントだ。

○ブレヒトの「脱自動化」と「同化作用」について

類似の思想でドイツのブレヒトの提案した異化効果（Verfremdungseffekt：ロシアフォルマリズムの異化にヒントを得た造語）という思想がある（＊13）。演劇理論であるが、参考になるべき点がある。この思想もフォルマリズムの異化の影響をうけたもので、先入観で当たり前と思われている現象を奇異なものに変えて、驚きを生み出すという手法で観衆の心を摑む。それに加えて演技者に対して観客が一定の距離をおくようにして登場人物を批判的に眺められるようにすることである。

特にブレヒトの演劇理論が要求することは、「俳優も観客も役柄に〈同化〉せずに、批判的である」ことである。そこが今までの観劇とは様子が異なる。従来の観客は、映画を観ていると高倉健に同化して歯ぎしりをして、我慢して、映画館を出てくるときは目つきや歩き方まで変わる、という話があるくらいである。

ところで私は未来の俳句の方向の中に「同化」ということを重視している（＊14）。俳句においては「同化」の視座というのは演劇とは異なり、役柄に感情移入することではない。あくまで対象とする句材と同じ視座（対象の視点と気持ちになって）から世界を見ることを意味しているのである。現代では実際にその視点からの映像を観ることが可能になっているので、単なる想像を超えてリアルである。この同化の視座を持つというのは案じることで生まれるもう一つの未来的な分岐である。ブレヒトの理論が俳句に投げかけて来る問題点である。

○モンタージュは二物衝撃とは異なる

俳句では、「二物衝撃」とか「モンタージュ」という言葉がよく使われる。特に二句一章に関連させて述べられる。これらの言葉の根底には「異化」の思想が大きく影響していることはあまり知られていない。『俳文学大辞典』から「二物衝撃」を引用すると【山口誓子が写生構成理論の中で使ったもの。エイゼンシュタインの映画理論「モンタージュ」を俳句の「配合」に当てはめた語とされる。誓子は「物と物との思いがけない結合」とか「物と物を事づける」といったいい方もしている】ということになる。また同じ辞典で「モンタージュ」を引くと映画制作の手法として解説したあとに【俳句では山口誓子が「写生構成」をいい、積極的に作句技法に生かした。芭蕉の「取り合せ」のいわば近代版ともいえる】（＊15）と述べている。

従来の意味としてはこのとおりであるが、少しコメントを加えたい。モンタージュ理論はロシアでエイゼンシュタインが提唱した理論とされ、もともと映画理論においては個々のシーン、ショットの連続が観客に及ぼす効果であり、時間的なシーンの連続の順序などによって与える受け取り側の感覚を操作することを主眼とする理論である。その意味では、並列的な取り合わせ効果を重視する二物衝撃・取り合わせの手法は異なるものだと考えた方がよい。「モンタージュ」と「二物衝撃・取り合わせ」を混同して使用するのは適切だと思わない。仁平勝氏も『現代俳句大事典』（＊16）の中で（別のニュアンスからだが）「俳句用語としてモンタージュは死語」と説明している。

○二物衝撃は「脱自動化」と同根

山口誓子の「二物衝撃」というのは原理的には「脱自動化」の現象である。誓子が説明しているように「二物衝撃」というのは「物と物との思いがけない結合」をいうのであればどちらかというとシュールレアリスムの手法であるともいえる。実は「異化」の理論の主導者であるシクロフスキーが最も力を注いだのは映画の手法（＊17）である。例えば彼自身が異化理論の適用ということで、「暗喩的イメージのパラレリズム」と呼ばれる、ショットやイメージを繰り返し提示する等、種々の映画手法を開発している。彼は同時代人であるエイゼンシュタインらと深い影響を及ぼしあったことは間違いないだろう。またこのパラレリズムは西池が提唱している「継接法」

（＊8前出）と通底する。ただ「パラレリズムの手法」は暗喩関係のある二つのシーンの結びつきであるが、俳句の「継接法」では二つの同格の句が組み合わせによる新しいイメージの想出を目的としており、暗喩関係などの意味を排しているところが異なる。

以上人間の認識にかかわる種々の手法は、原理的には似通ったものが多いことを説明したが、むしろ他のジャンルでの理論もおなじようなことを考えていて参考になることをいいたかったのである。

○シュールレアリスム

案じて進むべき興趣の方向と手法の両方の性格が一体となっているような理論としてシュールレアリスムがある。世間でも名称は普及していて、俳句の鑑賞をするときにも「シュールな俳句」という使われ方でよく耳にする。ただ、どのような俳句を「シュールな俳句」と呼んでいるかWEBで調べたが、もうひとつ判然としない。中には五七五を切り離したいくつかの句をランダムに組み合わせてシュールな俳句つくりを楽しんでいるグループがあるが、これは確かにシュールレアリスム理論でいう偶然な出会いが生み出す効果を利用した手法だ。

別に偶然性を利用した句ばかりが、シュールと呼ばれるわけではない。作品を一つだけ見てシュールな作品というのは概ね困難だ。例として嘱目の句であると思うが、〈手袋が空をつかんで落ちている　ゴンベ〉というゴンベ氏の句（ブログ「ア・ラ・キャット」より）を、別のブログ（「N

ＰＯな人」）でシュールな句と評価していた。後者のブログでは、句の下五が〈落ちていた〉となっていたので、別の媒体で作者の推敲がかかったのかも知れない。それはさておき、とてもリアルで面白い句だと思うが、私はこの句はシュールだと思わない。シュールかどうかは手法を抜きにしたら、読者の感じ方によるのだろう。しかも絵画のように一瞥してわかるという特徴はない。たぶん、巷間では「シュール」という言葉はかなり広義で、これもＷＥＢ上の「シュールの使い方」に【「非日常」「不思議」「奇怪」なものを目にした時に使います】が通念になっているのだろう。

シュールはシュールレアリスム（超現実主義）から派生した言葉で、第一次大戦後に起こった文学・芸術思潮である。戦後日本でもかなり盛んで、私自身は絵画からそれに接した経験がある。まさに超現実的な風景が美しい色彩とくっきりとした写真のように「リアル」に描かれており、一目でシュールレアリスムの絵画と峻別できた。暗示的なキリコやダリの絵に強烈に魅かれた。そこからの興味で最初に読んだのがアンドレ・ブルドンの『シュールレアリスム』（＊18）で、【思考の真の動きを表現しようとする純粋な心的オートマティスム。理性による監視をすべて排除し、美的・道徳的なすべての先入見から離れた、思考の書き取り】というのが運動の理念ということが分かったが、やはり、一見してシュールレアリスムという画風にどうつながるのかは、当時あまり明確には理解できなかった。そのかわり多岐にわたる手法を駆使していることは分かった。

多くの人が引用する有名なロートレアモンの詩の一節「解剖台の上での、ミシンと雨傘との偶発的な出会い」も「客観的偶然」といわれる手法で多くの人がシュールレアリスムの手法というとこの一節を思い出す。辞典類に出ているシュールレアリスムの具体的な手法は〈オートマティスム（自動筆記）〉、〈不気味なもの〉、〈客観的偶然〉、〈コラージュ（張り合わせ）〉〈フロッタージュ（摩擦）〉〈デカルコマニー（転写）〉などだが、概していえることは偶然性などの人間の理や情を排したところに生まれるものを目指した手法である。これらは絵画の世界では今もって実際につかわれている手法が多いことが分かる。俳句にとっても直接応用できるかどうかは別として、考え方には興味深いことがいろいろあるのではないか。客観的偶然の出会いも広義には「脱自動化」の手法である。

☆主な引用・参考文献
＊1　高浜虚子『俳句の作りよう』平成21年、角川ソフィア文庫（初出：「ホトトギス」大正2年12月～大正3年9月）
＊2　高浜虚子「秋櫻子と素十」（「ホトトギス」昭和3年11月）
＊3　水原秋櫻子「自然の真と文芸上の真」（「馬酔木」昭和6年10月号）
＊4　山本健吉『新版 現代俳句』（上・下）平成2年、角川選書
＊5　北住敏夫『写生説の研究』昭和28年、角川書店
＊6　神田ひろみ『まぼろしの楸邨』2016年、ウエップ
＊7　加藤楸邨「真実感合」（「寒雷」昭和16年8月号）

＊8　西池冬扇『「非情」の俳句』2016年、ウエップ
＊9　特集「「ただごと」と「俳句」の境界」（「俳句」2021年12月号）
＊10　栗林　浩「戦後俳句を囓る⑮ ただごと俳句（二）」（「俳壇」2022年9月号）
＊11　西池冬扇『俳句表出論の試み』2015年、ウエップ
＊12　ミシェル・オクチュリエ　桑野隆・赤塚若樹訳『ロシア・フォルマリズム』1996年、文庫クセジュ
＊13　岩淵達治『ブレヒト』2015年、清水書院
＊14　西池冬扇『高浜虚子・未来への触手』2019年、ウエップ
＊15　辻田克巳による「二物衝撃」と「モンタージュ」の項目『俳文学大辞典』平成7年、角川書店
＊16　仁平　勝による「モンタージュ」の項目『現代俳句大事典』2005年、三省堂
＊17　貝沢　哉・野中　進・中村唯史編著『再考ロシア・フォルマリズム』2012年、せりか書房
＊18　アンドレ・ブルドン　稲田三吉訳『シュールレアリスム宣言』1962年、現代思潮社

第2部　俳句の興趣

§1　詩歌の対象と俳句形式

○日本の詩歌の対象の分類

子規の俳句分類がその良い例といえるが、モノコトの分類というのは近代的思考方法の基礎でもある。

ただそれ以前の時代の詩歌では題材ごとの分類がなかったかというとそうではない。日本の勅撰和歌集には部立てという分類があり、西洋近代主義の影響下の分類とは異なっている。例えば古今和歌集では春（上・下）・夏・秋（上・下）・冬・賀・離別・羇旅・物名・恋（一～五）・哀傷・雑歌（上・下）・雑体・大歌所御歌に分けられている。この部立は詩歌のテーマによる分類で内容による分類である。この分類の様式は、その後の勅撰和歌集を始めとして、和歌の分類の基本となっていることはいうまでもない。

さりとはいえ、一般的に分類という概念がしっかり根付くのは近代である。叙事詩、叙情詩、劇詩などの分類があるが、日本では近代に入り新体詩（＊19）が生まれるようになってこのような分類が意味を持つようになった。

○俳句という特殊な詩歌の分野

日本の中学校では詩を三分類して叙情詩、叙事詩とともに叙景詩があると指導されたような記憶がある。子規だったと思うが、俳句は叙事詩であり抒情詩であり、叙景詩であるという内容をどこかで述べていた。たしかに叙景詩というのは子規の造語だという説もある。わざわざ学校教育で何故そのような分類を教えるかその意義は分からないが、少なくとも叙景詩というカテゴリーは西欧では一般的ではなさそうだ。

私にとって叙景詩という言葉が意味を持つのは大岡信が『日本の詩歌』（＊20）の中の「叙景の歌」という章で、「なぜ日本の詩は主観の表現においてかくも控え目なのか？」という課題を提出しているのを読んでからだ。詳しくは原著を読んで欲しいが本論のテーマとも関わりあう指摘であり、時折引用する。

それによると、日本の詩歌・和歌では万葉の相聞に寄物陳思歌という名称があるように主としてモノに寄せて思いを述べる形式が発達した。これにレトリックとしての言葉の「遊び」が加わり、言葉の多義性や多重性を利用した豊かな詩的言語空間を日本人は生み出してきた。古来叙景といっても本質はモノに寄せて自分の思い〈恋心など〉を述べるのが主流である。大岡信は、この寄物陳思という方法は日本の詩歌の特質であり、かつ俳句の世界にまで及んだという。

石山の石より白し秋の風　　松尾芭蕉

大岡はこの句を例にして、【芭蕉は「秋の風」を、色なき石よりもさらに色なきものと言い、しかもそれを言うだけで一篇の詩としているのです。芭蕉はこのようにして、彼の好みの風景が、いわば「無」の世界に限りなく近いものであったことを言外に語っていると言えるでしょう】として、風景描写が、そのままで、つまり何も言葉で説明することを要さず詩人の内面を象徴的に表していると指摘している。そのままでというのは古今集の小野小町の〈花の色はうつりにけりないたづらに／我がみよにふるながめせしまに〉にみられるような、上の句で詠った景を下の句で作者が情趣を述べてみせる、といったことを必要としないということである。

しかし、何も述べずに作者の内面を伝えるというのは、大岡がひと言「そのままで」といったように、すんなりと全ての読者に通じるわけではない。個々の読者の言語空間の相違で捉え方の深浅広狭が出てくる。読者の言語空間あるいは詩嚢の内容は、個人の環境、時代的地域的な文化歴史の総体だからである。単純なプロセスではない。

この芭蕉の句の例では白というのは秋を象徴する色であるがそれ以外にも白色に纏わる諸々の情趣を読者は思い起こすことが可能である。日本の文化・生活そのものに古くから自然哲学としての五行説が底流にあり、意識・無意識を問わず色や季節や方位と、結びつけられていることを多くの読者は知っている。また石山寺では紫式部の源氏物語を多くの人は思い起こすであろうし、その物語の「あはれ」を想起する。そしてなによりも芭蕉という俳人の理念に関する知識がなければこの句が醸す「「無」の世界に限りなく近い」という興趣にたどり着くのは困難だったかもしれぬ。

要は言葉の持つ象徴性をどのくらい読者は詩嚢に蓄えているかが、その読者への興趣の響き方を決定するのである。詩嚢とはその人の詩的情感を励起するために多くの固有波長を有する要素が中に詰まっている心の中の袋である。ある波長の情感に励起される要素が多い詩嚢もあればそうではない詩嚢もある。このようなメカニズムを想定すると、作者の情趣が正確に伝わりにくい、とか、特定の読者にしか伝わらない情趣が存在することになるが、いかなる芸術の表出方法でも存在する問題と同じである。

それよりも、逆の場合、つまり情趣をあからさまに説明・表出するために、どんどん情趣を分かりやすい方向に近づける傾向を危惧する。低俗化陳腐化がより進行しやすくなるからだ。形を変えながらも近代以前以降を問わず俳句の世界で周期的に生じた問題だ。

炎天の遠き帆やわがこころの帆　山口誓子

有名な山口誓子の句である。少々古いデータになるが、時折参考に眺める『現役俳人の投票による私の好きなこの一句』（＊21）という本の番付でこの句は第17位にランクされている。つまり人気がある。読者が感銘を受ける理由はキャッチフレーズ流の分かりやすさと、読者の心の奥にある青春に対する懐古的憧憬の念をくすぐるからであろう。「わがこころの帆」という表現に青春の心のありどころを各自が思い出して感銘を受けたに違いない。

私自身についていえば、高校時代に誓子の句の中でこの句を初めて見たときは、〈夏の河赤き鉄鎖のはし浸る〉と比較して、なんと薄っぺらな象徴的風景なのだろうと思った。もっともかなり高齢になった今でも青春の象徴性とはあまり思えない。何よりも薄っぺらさを感じるのは「わがこころの帆」などとあからさまに自己の思い、その情趣を説明していることに安っぽさを感じたのである。

ともあれ、多くの俳人が感銘を受けるのである。その要素は分かりやすい青春性という情趣であろう。

誓子がこの句を作ったときに俳句の文体としての新奇性をねらったかどうかは分からないが、やはり表出したかったのは青春性の賛歌と思える情趣であろう。

○俳句はメタな形式の詩

自然を対象として季節の情趣を詠う、それが俳句という表出法の通念である。自然には人間も含まれるとわざわざ注釈することもある。その理由は、花鳥諷詠というホトトギス系の俳句理念を水原秋櫻子が客観写生という技法と混同して批判したために、ことさら自然には人間も含まれることを強調しているのであろう。無論現在では、人間も自然の一部であるという人間観が流布したことが本質的な理由だが。

繰り返すが、自然を対象とするための実際方法として、子規以来写生という描写に重きが置かれた。人間が景を描写するときには「人間感情を主体として自然や季節にそれを重ね合わせて描写する」場合もあるし、「モノコトの景だけを描写する」場合もある、いわゆる客観写生と呼ばれる。

芭蕉の石山の句は叙景に軸足を置いて、そこに心の内実を一体化させるという方法をとっている。つまり叙景詩でありながら、そこには自身の心の中の「白さ」という一種の虚なる感覚を漂わせている。逆に誓子の「こころの帆」の句は自分の心を詠うことを前面に立てている。叙景詩を細かく論じるのは別の機会にして、結論だけ述べると、俳句の最も俳句らしい表出は叙景詩を軸として叙情詩を超えたところに成立するメタ（注）な形式にある。

詩歌は、表現されるか否かは別として出発点は情趣・興趣にある。情趣が陽に表現されないところにあきたらず、誕生したのが広義の人間探求派と理解できる。広義というのは、高浜虚子の客観写生という技法に人間不在を感じて、アンチの立場をとった俳人たちである。実際に広義の人間探求派などは存在しない。短詩型における人間精神の探求はいきおいキャッチコピー的になりやすい。中村草田男の〈勇気こそ地の塩なれや梅真白〉などはその典型例であろう。情（逆説的だがモノの世界からは人間の理も情である）を顕わにする表出法は分かりやすいという特徴はあるが、俳句本来の特徴からは乖離していく。

俳句における情趣は芭蕉以来、時代の思潮に左右されながら、情と景（モノコト）の間でときおりどちらかの片方の極に傾斜しながら存在し続けてきたと言うところであろうか。近代俳句は、とくに戦争前後から、俳句本来の得意な表出方法から離れてとかく情の方へ軸足を移しがちであった。もともと俳句は日本の詩歌ではもっと自由な精神の羽を具備したメタな形式である。先走って述べれば、もっと「人間を自然や季節（時間）の中に存在するモノとして観て生まれる情趣」を現代の興趣として詠うべきであろう。

（注）メタ：このごろ『メタ』という言葉をよく耳にする。ネットスラングとしてよく用いられるし、もとのＦＢ（フェイスブック）がメタ社に改名したこと、メタバース（仮想空間）などという言葉で一般的によく聞くようになった言葉である。しかしそのためであろうか、かなり意味合いが拡散してしまった感がある。たぶん昔学生時代に化学の勉強をした人なら、ベンゼン核のオルト、メタ、パラという置換基の位置関係でメタにお目にかかったかもしれない。メタという言葉はもともとギリシア語であり、「高次の」「越える」「超越した」といった複数の意味を持っている。他の語の上に付いて複合語を作り、超越した、高次の、の意を表す。

§2　正岡子規の「意匠」の分類

○『俳諧大要』は近代俳句の教則本

俳句の近代化の祖とみなされる正岡子規は生まれたのが慶応3年（1867年）。翌年が明治元年、いわば子規は近代日本の申し子である。近代は科学的思考方法を普及させたので、そのせいか子規には分類癖がある。『俳諧大要』（＊22）は近代人がそれまでの伝統的な俳句（俳諧）を眼の前にして、何が俳句のサステナブルな要素か、またどのように変革させるかと言う方向を時代環境の制限下で如実に示している書である。さらに興味深いことは単なる理念書ではなく段階を追うごとに内容を深奥化する教則本のような内容の構造になっている。何度読み返してもそのたびに得ることがある。

子規は『俳諧大要』で俳句近代化の重要な要点を述べている。多くの読者は「月並俳句の排斥」、「写生の主張」や「「理」の句の軽視」等のテーマに通常は関心をよせる。だが、俳句の「意匠」の分類に関する記述はもっと注目すべきである。俳句の理念というより、その時代が俳句に期待した興趣が何であるかを反映しているからである。

○「意匠」という多様な情趣をあらわす語

「意匠」という言葉は子規の『俳諧大要』に32箇所で用いられている重要な概念である。最初子規は「工夫を凝らして制作すること。趣向」と「意匠」を説明しているので、レトリックのごとき表現技術だとまずは理解してしまう。だが子規は概念をもう少し広く考えており次のようにも説明する。

……意匠に勁健なるあり、優柔なるあり、壮大なるあり、細繊なるあり、雅樸なるあり、婉麗なるあり、幽遠なるあり、平易なるあり、荘重なるあり、軽快なるあり、奇警なるあり、淡泊なるあり、複雑なるあり、単純なるあり、真面目なるあり、滑稽突梯なるあり、其他区別し来《きた》れば千種万様あるべし。……

意匠というと「意匠登録」という言葉があるように商品デザイン類似のニュアンスで受け取る人が多そうだ。私は『俳諧大要』を意識するときは「意匠」を用い、一般に俳句を対象として述べるとき、「興趣」という言葉を用いることにしている。興趣は南宋の詩論書『滄浪詩話』(＊23)で詩の原理を論じるのに使用された言葉であり、もともとは味わい深いおもしろみとでもいう意味だが、「興趣」で、句の背景に作者が感じ、句に込め入れた「趣」や「モノコト」をもあわせて表現することにしたい。

ともあれ、子規が使用している「意匠」という言葉は歳時記のモノコトの分類とは意味合いが異なる。どちらかというと俳句を「興趣」によって分類しているから、古代の和歌が恋や離別で分類したモノに近いとも言える。

一般的に生な人間感情を表す言葉（楽しい、うれしい、悲しい、くやしい、恋しい、なつかしい、等々）は情趣と呼ぶ方が自然だろう。

○子規の好んだ雄渾壮大

子規は『俳諧大要』修学第二期において興味深い記述をしている。数多の「意匠」のうちで特に壮大雄渾の句に大きな紙面を割いている。それと対峙させ繊細精緻の句を述べるのだが、がぜん雄渾壮大に力が入っている。古来、俳句に壮大雄渾の句が少ないと述べ、子規の心に残っている句として十一句を挙げているので数句を例示する。

あら海や佐渡に横ふ天の川　芭蕉
湖の水まさりけり五月雨　去来
初汐や鳴門の波の飛脚船　凡兆
五月雨や大河を前に家二軒　蕪村

何れも知られた句である。壮大雄渾の句が少ない理由は壮大雄渾なる事物そのものが少ないために、とかく陳腐になりやすいことと、短い言葉の中に壮大雄渾なる事物を包含する至難さだと彼は説く。子規ならずとも陳腐か斬新かは俳句の美的価値の重要な標準であろう。しかも、子規はその標準が時とともに変化することを認めている。【壮大雄渾なる句は少きを以て、この種の句を作す者はこれを渇望し居る人より歓迎賞美せらるべし】と述べているが、壮大雄渾の句を渇望する人々とは、まさに近代化明治という時代人の望む気風であることを意味する記述になっている。

子規は壮大雄渾に対峙させ繊細精緻の句を述べる。

繊細精緻の句に偏する美術家や文学家は八九分であるが、その極にまで達するのは更に一分だといい、困難性を述べている。【俳句にては人事を講究すること小説家の如く精細なるを要せずと雖も、天然を講究する事は成る可く精微なるを要す。蓋し精細なる人事は之を十七字中に包含せしむる能はずと雖も、精細なる天然は包含せしめ得べき者多ければなり】とある。繊細精緻な句は枚挙にいとまがないとして次のような句を例示する。

草刈りて菫選り出す童かな　鷗歩
白魚をふるひよせたる四つ手かな　其角
草の葉や足の折れたるきりぎりす　荷兮

続けて、子規は意匠のカテゴリーの精細な説明を試みる。壮大や繊細の中にそれぞれ雅俗があること、季題ごとに壮大繊細があること等々である。さらに、例えば青嵐、五月雨、雲の峰は壮大等々、のように細かい分類を試みているが、しだいに分類は煩雑になり論理としてはシャープでなくなる。

○子規の「意匠」分類の到達点

子規の「意匠」分類の当初の狙いは、近代以前の俳句が失いかけていた季節のモノコトに込められていた活き活きとした詩的生命力を、「意匠」分類を通して覚醒させることだったと推察する。分類が中途で終わったという意味では直接的には失敗だったと思うが、もういちど句材の意味に目を向けさせるには効果があった。

子規の著述は本人の意図が奈辺にあったかは別として時代の影響をしっかり反映しているので、面白い。さらにもう一点、「意匠」への要求は時代により変化しており、したがって時代が要求している「興趣」があることを認識しえたことは、我々にとっては重要である。さすれば、我々が彼の教則本から読み取るべき課題は現代が要求している興趣は何かということである。

§3　近代の興趣

○近代と反近代：様々な興趣

近代社会を力強く推し進めた思潮は、科学的発想と合理主義であることは間違いない。近代は封建時代を超克するため個人主義的方向に人間世界を導き、個人の尊重という思潮を生んだ。全体的には科学的方法を用いて世界を理解し、それに基づいて社会を組織化する試みであった。

しかし、近代合理主義的な世界観は、人間の感情や精神的な側面を無視する傾向があったことも多くの思想家、哲学者等々の指摘するところである。このような背景の中で、文学や芸術の世界では「ロマン主義」や「懐古趣味的」等々の思潮が生まれ、人間の感情や精神的な側面を重視した。それはアンチ近代ともいうべき近代が誕生期から内包した矛盾を反映したものであり近代そのものの思潮ともいえる。ロマン主義は、個々人の感情や想像力を重視し、懐古趣味的な思潮は、過去の価値観や伝統を尊重する。俳句の世界における秋櫻子らの「叙情主義」「懐古主義」的傾向はそのような思潮の流れにのった「興趣」と理解できる。アンチ近代を途上として種々の興趣が生まれた。

柚子の香に追ひぬかれたる孤独かな　加藤楸邨
飴舐めて孤独擬や十三夜　佐藤鬼房
まっすぐな道でさびしい　種田山頭火

これらの句は孤独感を興趣として詠った一例だ。佐藤鬼房は新興俳句系から出発し、戦後は社会性俳句の代表的俳人として活躍した。種田山頭火は自由律俳句の俳人として現在でも根強いファンが多い。

白梅や天没地没虚空没　永田耕衣
切株に虚空さまよふ枯尾花　原　石鼎
春昼といふ大いなる空虚の中　富安風生
星までのはるかな空虚松の芯　和田悟朗

また、近代社会の制度が硬直化するにつれて、人々は自分自身が社会の一部であるという感覚を失い、疎外感を感じるようになる。これは、一般的に詩歌の世界では「虚無主義」や「ダダイズム」を生み出すことになるわけだが、近代の俳句の世界では非定型や無季の俳句を生み出すことにはなったものの、俳句界全体を覆うような大きな流れとはならなかった。ここに例示した句はいずれも「虚空」「空虚」を素材にしたものであるが、そこに込められた「興趣」は多様性がある。

虚無感、空虚感も時代に合わせて多様化していたことを反映しているのであろう。

いわゆる社会派と呼ばれる社会の矛盾をテーマにした俳句も見方を変えれば時代の「興趣」という流れの中に位置付けることも可能であろう。社会悪へのいきどおりや、社会と個人の精神的軋轢、そこに起因する疎外感や絶望感、孤独感等々も近代が生みだした興趣である。

○人間探求派という旗印

近代合理主義は合理性を追求するあまりに人間性を軽視する傾向が強かった。それゆえアンチテーゼとして人間性を重視する思潮が生じるのは歴史の必然であり、一挙にいろいろな考え方が花開いた。俳句でもそういう時代の動きを反映しながらいろいろな新しい興趣を生み出していったいくつかの例を前述した。

ここで「人間探求派」に触れたい。人間探求派という言葉は、1939年に「俳句研究」8月号に掲載された座談会「新しい俳句の課題」から生まれた。この座談会には、当時難解派と呼ばれていた中村草田男、加藤楸邨、篠原梵、石田波郷が参加し、編集長で司会をした山本健吉が「貴方がたの試みは結局人間の探求といふことになりますね」という発言に、加藤楸邨が「四人共通の傾向をいへば『俳句に於ける人間の探求』といふことになりませうか」と受けて締め括られ、この4名に代表される作品の傾向が人間探求派と呼ばれるようになったことはよく知られる。

実は派という名称が付けられているが、一つの思潮運動のグループとは考えにくい。つまり人間探求派は思潮の文脈から言うと近代合理主義へのアンチテーゼとして生まれた人間主義という旗印をたてたが、決して何らかの詩歌的興趣を主張したものではないし、派と呼ばれるような共通した理念を有したものではない。ただ人間探求派と呼ばれる俳人はその卓越した俳句表出法の作品を生み出すことで大きな足跡を俳句の表出法に残した。無論一人の作家はその興趣も多様性を持っている。特に近代も後期になると人間も社会同様の複雑さを反映して多様化する。これぞその俳人の世界を示す一句ということは困難であろう。しかし読者がもっとも彼らしい世界を表出している句とその興趣を挙げよ、ということならできる。草田男と波郷の作品では私は次の句をあげる。

勇気こそ地の塩なれや梅真白　　中村草田男

句集『来し方行方』（昭和22年刊）に収録されている。梅は春の到来を知らせる花といわれ、春咲く木の花のうち他に先駆けて花を咲かせる。香り高く、暗闇の夜でも清らかな香りによって、その在処が知られる。古来中国文化の影響下で詩歌世界の定番テーマである季節感・本意を興趣とする。だが草田男は梅の白さに伝統的興趣をみない。句意は「真っ白な梅が凛と咲いているように、勇気こそが地の塩である」というかなりメッセージ性の強い内容だ。昭和19年、学徒出陣の教え子への餞に作られたという。「地の塩」とは聖書マタイの福音書にある山上の垂訓に見られる言葉。イエスが群衆に向かって、人間のあるべき姿を説いた教えの一つである。「あなたがたは地の塩です。もし、塩が塩気をなくしたら、何によって塩気をつけるのでしょうか。もう、何の役にも立たず、外に捨てられて、人々に踏みつけられるだけです」と語りかける。冬の寒さを耐えてきた梅が早春に花開くように、真の勇気とは自ら死を望むようなことをせずに生きて帰ってくることであると伝え、それを願う気持ちが込められていると解釈される。ここに詠われているのは「興趣」といっても梅の古典的それではなく、いわば「社会性」を帯びた「人間愛」とでもいうべき内容だ。

七夕竹惜命の文字隠れなし　　石田波郷

句集『惜命』（昭和25年刊）に収録されている。牽牛星と織女星が、天の川を渡って年に一度だけ会うことを許されるのが、旧暦7月7日・七夕の夜である。日本には奈良時代に中国から伝わり、平安時代には宮中行事となる。その伝統行事の源泉となるのは、中国伝来の織姫彦星の七夕伝説と乞巧奠に、日本古来の棚機つ女の伝説や、お盆前の清めの風習などが結びついて、現在のようなかたちになったとある。その後、しだいに民俗行事として、七夕竹を飾り星空を仰ぐ祭として民間に広がった。

この句の句意は七夕竹に「惜命」という文字が隠れることなく書かれている、の意。ただ波郷がよく使用する「隠れなし」とか「欺かず」は一種のレトリック的な用い方をされる。例えば草田男の〈冬の水一枝の影も欺かず〉などがそうであるが、いかにも俳句らしい雰囲気を醸し出す。

人によってはそれがたまらなく好きだし、またいかにも俳句臭さを嫌う人も多くなっている。

それはさておき、波郷は戦時中に胸膜炎に罹り、その再発によって、昭和23年、清瀬の国立東京療養所に入院し、その時の作と伝えられている。そのころ結核は不治の病であった。この句は、七夕竹の願いごとを書いた短冊に「惜命」の文字を見付けた時の感動であろう。下五の「隠れなし」という言葉に集約されている。

よく『惜命』を療養俳句と呼ぶことがあるし、境涯俳句の「ジャンル」に分ける人もある。波郷自身も【俳句は境涯を詠ふもの】と、「鶴」（昭和17年11月号）で述べている。また秋元不死男はその著書『俳句入門』（＊24）で一句一句の積み重なりはその人の人生の積み重ねであって人生内容の提示であるとし、【要するにこのことは俳句は境涯の詩であるということである】と喝破する。これらの俳句との向かい方、すなわち「俳句における人生との向かい方」というのは俳句だけでなく文学一般の不易なテーマということかもしれぬ。だが、要はこの時代の人生の在り方を反映しているかどうかという意味では時代特有の人生観・生命への愛着観という興趣があるのかもしれない。

○山口誓子という近代精神
アンチ近代合理主義的思潮ばかりが文学の在り方ではない。ある意味では時代をそのあるがままに切り取るところに興趣が生まれる。山口誓子の句は時代の景を切り取って興趣にしてみせた。

典型的な例をあげる。

夏の河赤き鉄鎖のはし浸る

この句は近代人間社会が作り上げた都市の一側面、そのモノとしての正体を鋭く切り取っている非常に印象的な句である。「夏の河」とは、大阪市内を流れる安治川、都市の河である。ギラギラと輝く真夏の太陽が照りつける安治川に、錆止めのため赤く塗られた鉄鎖の端だけが浸っている、湊の風景だ。私にはこの赤が鮮やかな塗料の赤より赤錆とも思える。誓子は「錆止めが施された朱色のペンキが塗られた鉄鎖」と語ったそうだが。川沿いに立ち並ぶ工場、そこに置かれている鉄鎖の端が河に浸っているという、まさに近代が生み出した都会の裏の何気ない風景を詠んでいるので読者はある種の「時代の風景」を興趣として感じるのである。

七月の青嶺まぢかく熔鑛爐

この句は、昭和2年、山口誓子が九州へ仕事に行った折の作、たぶん日本製鉄八幡であろう。溶鉱炉は近代資本主義の象徴である。『山口誓子自選自解句集』（2007年、講談社）には次のように書かれている。【熔鑛炉は製鉄所の心臓部だった。私は熔鑛炉の見学を希望した。／鉄の鉱石を熔かしている炉は、鉄扉を開けると、真紅な火を流出した。ひどい熱気だった、そんな熔鑛炉を見て外に出た私は、製鉄所の直ぐ南に聳える青嶺を見た。／熱気から脱け出た私は、その

青嶺の青をじつに美しいと思った。】

溶鉱炉に鉄扉があったかどうかはしらぬが（出銑口は粘土でふさがれていて鉄棒で穴を開けて溶けた銑鉄を取り出す）、この句は溶鉱炉のある工場の建屋の外に出た時のさわやかな外気が感じられる。青嶺は北九州市なら皿倉山とか帆柱山とかいわれる山だろう。まぢかに眺められるはずだ。昔の製鉄所は七色の煙を出して、工業国日本のシンボルとして人々は誇っていた。そのころは公害という言葉も人々は知らなかった。

ピストルがプールの硬き面にひびき

鋭い感覚で読む人の心につきささる。言葉が伝えるべき意味を失い聴覚と触覚の感覚だけを伝えてくれる。非常に無機質な近代ならではの興趣である。

人間探求派の背景には、都市生活と日中戦争の暗い世相の中で、俳句と生活を密着させ、人間の内面の表現を希求するという思想があった。どちらかというと、句風は暗く、孤独苦渋の色を深める興趣が多かった。これに比して山口誓子の句の多くは近代の光を感じさせるところが多い。有名な〈海に出て木枯帰るところなし〉にしても誓子本人が語ったという特攻隊のことをテーマにした「社会性」のある句という感じは、正直あまりしない。山口誓子は無機質な明るさに独特の特徴があるのではないか。

§4　現代登場すべき興趣

○隠れた興趣「ただごと」

現在は近代から未来の来たるべき時代へ移行する端境期である。価値観は多様化し、それを反映し様々な興趣が生まれるし、また生まれつつある。その中で最も時代をよく反映したものが典型的な興趣として残っていくであろう、だがそれには時間を要する。現在は目に付く興趣を拾っていく作業の必要な時と思われる。

次の三句は現代の俳人の句である。いずれも、ただごとの句として、あるいは無意味の句として情趣がないとされてきた類の句である。かつて論じられてきた興趣や「意匠」に含まれないことが多かったが、時代とともに興趣を覚える人が増加すれば、現代の興趣と呼ばれても良い句であろう。

葱二本太いのとちよつと細いのと　　行方克巳

俳句雑誌「WEP俳句通信」126号（2022年2月）に掲載された作品である。私はこの句で心の躍るような買い物の景を思い浮かべる。それもその晩は鋤焼という我が家の特別メニューへのワクワク感が。売り場に並ぶ、二本ずつ青いセロテープで括られて並び真っ白く光り輝く根深葱。どういうわけか、たいがいは一本が太く威張っており、もう一本は少し細目で控えめにならんで一組になっている。同じ太さのヤツが二本縛られているよりこちらの方がうまそうに見えるから不思議だ。

私的な好みであるが、鋤焼はなんといっても下仁田葱に限る。私の住む徳島では葉ネギが主流で、付近のスーパーには下仁田葱はおろか白葱も良いのが少ない。だいたい関西では葱の青いところを使い葉葱という。関東は白い部分が長く根深葱だ。特に現在私が暮らしている徳島では多くが葉葱の系統である。渭東葱という地元の葉葱があり、細身でこれはこれで甘くて饂飩の薬味としておいしいのではあるが、鋤焼用は別である。鍋の中の葱の煮え具合も、最もおいしく食べるためにはなかなかむずかしい。噛んでみるとちょうど中心の芯が飛び出してきて、また噛むと更に中の葱が汁とともに飛び出す。そのたび葱のおいしさが口中に広がる。煮すぎると、しなっとしてそうはならない、その加減の良さそうなところを、えいと睨んでたべるのである。葉葱だとそうはいかないのだ。そうだ、これは鍋から二本の葱を自分の鉢に取りわけた時の景かもしれない、「この葱の煮え具合がたまらんのだよな」などといいながら。

この句には坪内稔典氏も魅かれたらしい。面白いことが同誌130号（2022年10月）に書いてあった。同時に発表された行方氏の句〈一介の素浪人よと葱提げて〉と並べて、〈二本の葱〉は傑作だが〈素浪人〉は全く駄作だと稔典氏はいうのである。理由は〈素浪人〉の句は意見をいっているからだという。全く同感である。私は隠れへそ曲がりなので、作者にどうだと説明されたら、もうそれでおしまい、言っちゃっちゃなのである。去来抄の「いいおほせてなにかある」はこういう場面で使われるのが適当かどうかは別として、俳句は、いいおほせたら、解説付きの落語のオチみたいにシラケる。

この句の場合葱が二本ということが、読者の心の中の空間で言語が自由に飛翔するためのキーワードとなっている。一本の葱では頼りなく、三本は多すぎる。二本あることの妙なのである。いいおほせずに生まれるのは「余情」ということもできるが、こういう場合は読者の頭の中で言語が飛び回るための余白みたいなものだ。

桜餅ふたつ出されて二つ食ふ　菅野孝夫

この句に「角川俳句年鑑」2023年版で出会ったときは思わず破顔、同好の士がいるわいと感じ入ることしきり。

二つ桜餅が出されていることは私にとって大問題なのである。会席、茶の間を問わず桜餅二つが出たときにいつもじっと眺めてしまうのである。特に客間がよくない。桜餅というと葉を食べるとか何枚葉がついているとか、道明寺系か長命寺系かというような話題はたいがい陳腐である。私にとって問題は二個の桜餅を供された時の食べ方である。だいたい二個であることは種々の課題を生む。器にどう盛られるべきだろうか、平行に、あるいは軸を少し傾斜させて、二つを少し重ねて出すべきか。さらに、銘々皿は角型か丸か、はてまた色は。でもそんなことはどうでも良い。大問題は二つのどちらから食べるかということなのである。二つも置いてある桜餅だからなにか意味があるに違いない、どちらからか先に食べなければならないはずだ、亭主はそれを見ている、間違えると恥ずかしいなどと苦悶するのである。

どうやら、私は前世で桜餅屋に恨まれたらしい。他の菓子より桜餅に対して異常に関心が高い。桜餅の話題にはすぐ口をはさみたくなる。実際には、喉のあたりまで声がでるのだが、つつましやかに皆様の桜餅談義を聴きながら内心いらいらする。加えて、私には70年も昔から長命寺の桜餅を食べているのだという変な自負があり、それがまた年とともにひねこびてしまっているからよけいに黙っているのであり、どちらから食するべきか、などと些細なことを考えて冷や汗を流すのである。最後には意を決し一つをつまみ、この葉っぱは美味しく漬かっているが葉軸は硬いな、など思いながら二つ食う。そして毛虫の糞と同じ香りがするな、等々考えて苦悶したことなど何に食わぬ顔をする。

きっと掲句の菅野氏もこのようなことどもを思いながら二つ食べたのだ、でなければ二つと述べるわけはない、と勝手に同感の笑みをもらすのである。

山栗をふたつ拾ひてひとつ捨つ　　藤本美和子

この句は句集『冬泉』で第9回星野立子賞を受賞した藤本美和子氏が「ＷＥＰ俳句通信」

130号（2022年10月）に発表した「別墅」と題する十句のうちの一句である。

先に星野立子のことを少し述べたい。生まれたのは1903年。〈ままごとの飯もおさいも土筆かな〉や〈大蟻の雨をはじきて黒びかり〉など多くの立子の句は現代読んでも新鮮な興趣を覚える。立子が現代に生まれていたらと想像したりする。だから星野立子賞が2013年にできた時は期待したものだ。期待の結果は様々だったが。

さて、桜餅で話したが、ふたつという個数は時折、選択を人間に強いる数である。何の意識もなくそうすることもあるが、時には苦痛をともなうことすらある。そんなに大げさでなくても、やはりこれでよかったのかなという反省みたいなものは多くの場合ある。その結果、決断力が低下したと自嘲するのが私の常なのである。それゆえ、この句に出会った時、おお、ここにも二つに興味を感じる同好の士がいたわい、そういう喜びを与えてくれる句なのである。


以上三句を紹介したが、これらの句では読み手が想像して楽しむ景を作者は丁度具合よく語りすぎもせず、不足もせずリアルに表出している。実はこれらの句が醸し出す興趣は多くはもともと読み手の中にもあり、俳句はそれを興趣として励起するための駆動力を与えるものなのである。励起して共振するかどうかは、その句が如何にリアルにかつ情を陽に語らずに表出されているかにかかっている。

この種の句の読者にとって、他人には無意味と思われかねないモノコトに目を付けた人の存在がうれしいのである。その人がなぜそう思ったかを追体験する過程が楽しいのである。俳句で共感するメカニズムは大変微妙である。

繰り返し述べるが、モノコトの表現に徹して読者の想像力が活躍する空間を与えることを意識することはいわば現代的俳句のレトリックである。このレトリックで表出される俳句は「余白の俳句」と呼びうる。

○メタ感覚が生み出す「明るい虚無」

から鮭も空也の痩も寒の内　松尾芭蕉

空也忌の鉦打ち廻る腰のばね　有馬朗人

ともに句材として空也を使っている。空也の寒念仏は、芭蕉の時代はもう少し庶民生活に根差していたかもしれないが、現代では単なる風物詩に近い。

芭蕉の句は下五が「寒の内」となっているが、それに対応させ干からびた干鮭と痩せて肋骨も顕わな空也像を配し、「も」という助詞を使うことで、三体のモノコトがメタ空間で混然たる異様な「からび」を表出している。メタと冠した理由は、この句の場合、干鮭や空也の像は、眼前のあるなしにかかわらず、彼の世からの影のごとく芭蕉の心の中で渦巻いていた。そういう空間があると想像するからである。その空間は、鉦や念仏が混然として響く枯野のごとき寂しく暗い空間である。寒く暗い句である。

有馬朗人の句には、その暗さがない。鉦打つ人は一遍のごとき踊り念仏の衆だろうか。その人の腰の姿をクローズアップすることで、動的な景となり、エネルギーを感じる。しかしそこに醸し出されている興趣は、やはりメタな感覚で写実を超えた踊念仏的無我の世界である。だが、暗さはない。いわば「明るい虚無」の世界である。「明るい虚無」は、人間が自らをモノとして認識し始めたときに生じる現代的虚無感である。物質の根源を問う素粒子物理学者有馬朗人が、この種の無常観に無関係であったはずがない。今やこれも現代の興趣のひとつである。

私はかつて大岡信が用いた「明るい虚無」（＊20前出）という言葉を捉え、「行くべき俳句の方向」を示唆すると述べたことがある（＊25）。この思いは変わらないどころか強くなっている。幸い（というべきかどうか）、明るい虚無は、ますますいろいろな哲学者が論じており現代の重要な思潮のキーワードとなって、興趣ともなっている。例えば中島義道氏は『明るいニヒリズム』（＊26）で客観性の崩壊による「無意味の意味」を展開しているがまさに主な現代の興趣として浸透しつつあることが分かる。また先年他界された山崎正和は「劇的立場」を提言した明るい虚無の人として知られ、中世的民衆のエネルギーに注目を与えた。

§5　現代の興趣を確立する視座

○メタリアルな「余白というレトリック」

俳句的余情には、何か言い残して作者が言いたいことを読者にほのめかすようなところがある。対して俳句的余白（いわゆる俳句的省略）には、何も言わないで指さし、ちょっと突き放すようなところがある。総じていえば、余情はしめっぽく情緒的で、余白は乾いて非情緒的になりやすい。

余白の情趣は何も言わないことで生まれる。余白は言葉で描いたモノが読者の心の中で自由に飛翔させるための言語空間である。読者の想像力に勢いを与えるのはその句のリアリティである。しかも眼前の素材のリアリティを超えているのでメタリアルと呼ぶべきものだ。いずれにしても読者が期待しているのはある種の情趣であり、俳句は余白的な手法が本来的特徴である。

ここで使用している「メタリアル」は、実は見田宗介の「メタ合理性」（＊27）に刺激を受けている。メタ合理性（Meta-Rationality）は近代を乗り越えたうえでの新しい合理性として提唱され、多様性の肯定、現在志向、持続可能性と幸福感のバランスという柱になる考えで成り立っている。したがってメタリアルは従来のリアリズムを乗り越えた新しいリアリズムとして提起されるべきものである。現代の興趣は多くメタリアルな空間から生まれる。（「第４部　メタリアルな世界に視座を」参照）

○俳人は現代の興趣を追う狩人

時代の興趣はその社会が自ずから醸し出す。我々俳人のなすべきことは日本文化の中で形成されてきた興趣を新たにリフォームして再生産することだけではない。むしろ新しい時代の興趣を狩人のごとく求め、それを俳句として表出することである。無論新しい興趣にはそれにふさわしい新しいレトリックが伴っているかも知れない。

では新しい時代の興趣とはなんであろうか。前述し、かつ詳細に後述する「明るい虚無」然り、新たな生命観から醸されるすべての生命との「共生」や「同化」の感覚、「多様性」を容認する感覚も然りである。我々俳人がそれを狩人のように追いかけることのできる任務を与えられているのである。

此の世には、まだまだ未成熟であまり俳句には採りあげられなかった情趣が、身近に充ち満ちている。例えば「かわいい」という情趣は数十年前のものとは内容が大きく変わっている。「天皇って意外にかわいらしい」（＊28）のである。他にも「もえ（萌え）」「はえ（映え）」等々の様々な情趣が生まれては消えていく。社会学者は当然情趣の変化を敏感に文化的問題としてとらえ研究している。俳人としては、不易流行の問題である、我関せずの態度をとることも可能である。だが、それらの情趣が一般化し、拡散し、日本の文化として世界的にも認知されていったときに、気がついたら、我々だけが、ガラ系俳句人として博物館に並ぶことだってありうる。私はそれを潔しとはしない。いつまでも未来をまさぐる触手を振り回していたいと念じる。

☆主な引用・参考文献

＊19　外山正一・矢田部良吉・井上哲次郎 撰『新体詩抄 初編』１８８２年（復刻版が世界文庫〈１９６１年〉等からでている。）

＊20　大岡信『日本の詩歌』２００５年、岩波現代文庫

＊21　柳川彰治『私の好きなこの一句――現役俳人の投票による上位３４０作品』２０１２年、平凡社

＊22　正岡子規『俳諧大要』１９５５年、岩波文庫

＊23　市野沢寅雄『滄浪詩話』１９７６年、明徳出版社

＊24　秋元不死男『俳句入門』昭和46年、角川選書

＊25　西池冬扇『俳句の魔物』２０１４年、ウエップ

＊26　中島義道『明るいニヒリズム』２０１５年、ＰＨＰ文庫

＊27　見田宗介『現代社会はどこに向かうか――高原の見晴らしを切り開くこと』２０１８年、岩波新書

＊28　四方田犬彦『かわいい論』２００６年、ちくま新書

第3部　同化の心（宇宙的虚無感）と明るい虚無の時代：未来への興趣 I

同化の心（宇宙的虚無感）

§1 「同化」という興趣

○未来を探る触手と興趣

趣という言葉は概念が広い。特に詩歌に詠われる趣をさして興趣（筆者註：宋代の詩論『滄浪詩話』にある）という言葉がありそれを使う。俳句を含めて詩歌は興趣を言葉としてとどめるものである。特に日本人は興趣に鋭敏な感受性を持っておりそれを最もよく示しているのが季節感・季語である。日本人は五感で季節を感じ、季節に托して心のほどを表現する。しばしば私が引用する唐木順三は日本人の季節感に関して『日本人の心の歴史』（＊29）で次のように述べている。

……即ち、思ひも恋も、自然の景物、季節季節の風物において、またそれを通じて歌はれてゐるのである。別にいへば、心が季節の景物において、景物が心において歌はれてゐる。だから季節の感じ方、景物の選び方の歴史を辿れば、心の歴史の、少くとも一面を明らかにすることができるわけである。……

日本人が季節感に鋭敏であることは誰も疑義をはさまないだろう。（しかし日本人以外でも同じような鋭敏な季節感を有する民族の存在を否定するものではない。）唐木を引用したのは、「心の歴史」という考え方に注目してほしいからである。つまり唐木のこの言葉は「興趣が時代によってその様相が変化」することを前提とする。様相は興趣の感じ方、選び方といってもよい。人間が何に対して興趣を感じるかは古代から普遍のようでもあるが、現実には時代時代に特徴的な興趣は存在している。そのこととの重要性を唐木の言葉は意味している。万葉時代の作品のおおらかさに比較して中世人は無常観を表現するようなものである。

では、我々の生活しているこの時代に特徴的な興趣は何かという課題が浮かぶ。未来の俳句を語ることは、現在の俳句の興趣を見定め、さらに明日への興趣を探ることに他ならない。

○「同化」という宇宙的虚無への裂け目

おどりいでたる蚯蚓のみみずざかりかな　　池田澄子

本論考が探ってきた未来的興趣の一つに「同化」がある。「同化」は興趣であり、かつ、未来における自然と人間の関係を考える心の在り様「同化の心」である。

筆者はかつて、高浜虚子を扱った『未来への触手』（＊14前出）で、虚子の俳句に「同化の心」が存在することを指摘した。かつ「同化の心」という視座は主として近代以降に急速に発展した人間の宇宙観・自然観に対応したものであることを述べ、「明日への触手」がさぐる興趣の一つとして扱った。

そこでは【人間は自然を構成する一部にしか過ぎないことを認識せよ】という「同化の心」だけでなく、具体的な作句の方法論の例として「自然物そのものになりきる句」「アニミズムの句」を挙げた。

「同化の心」を第一番に未来への思想として挙げる理由を述べておきたい。「同化の心」は自然と人間との関係に関する一つの心の在り方を表しているといえる。俳句で言えば、自然を人間社会とは別の対象として観照し表現するか、あるいは自然そのものになりきって観照し表現するかの違いである。だが自然物になり切ってみる視座には恐ろしい世界への裂け目が存在している。もともと人間はモノに心を寄せて表現した。同化の視座の裂け目というのは人間が自らを対象としている自然の一部にしか過ぎないと認識した時にはじまる。その時の恐怖といおうか無常観というのは、花の移り変わりに己の生涯を擬した時の無常観とは質的に異なる虚無感であり、自分の生老死がこの宇宙の存在に比してあまりにも微塵にすぎないことを識ることに起因する無常観である。同化の心という興趣にはそのような宇宙的虚無感が裂け目を開いているゆえに未来的興趣である。

加えて、筆者が前掲著書で強調したように、「同化の心」が「脱近代化」への特徴的キーワードの一つになることである。近代化（特に西洋近代化）の時代は自然を開発のフロンティアと見なして発展してきた。近代化は多くの物質的豊かさを人類社会にもたらしたが、反対に自然や人間性の破壊など負の遺産ももたらした。そういう状況をかかえながら人間社会は近代を抜け出ようと努力している。本論考では新たな興趣としての「同化の心」の考え方を改めて近代初期と近代以前の同じような概念と比較してより理解を深めたい。

○「同化」という言葉の近代的言語空間

ここで使う「同化」はたぶんそれほど歴史の古くない言葉である。広辞苑（第二版）によると、【①本来異なるものが同じくなること。また、同じくすること。同じ性質に変ること。（イ）事物を十分理解して自分の知識とすること。（ロ）他を感化して自分と同じようにすること。②生物が栄養として外界から摂取した物質を、自体を構成する特定の成分に変える作用。⇔異化。③（イ）個人の考え方や行動が社会的環境と一致すること。日本の移民がアメリカ人のうちに生活して、その中に溶け込むような場合。（ロ）子供が現実を精神に似たものにしてしまうこと（ピアジェ）。（ハ）以前から持っている考えに従って新しい事実を解釈すること（ヘルバルト）。（ニ）動物の場合、新しい情況が前の情況と似ている時、この新しい情況に対して前の場合と同じ反応をすること(ソーンダイク)。④岩漿が周囲の岩石を溶かして取り込み、混合して一つのものとすること】とある。少々長く引用したのは「同化の心」を興趣の一つとして使用するには、その言語空間の輪郭は捉えておく必要があるためである。

広辞苑の説明では①は抽象化した言語の概念であるが、(イ)と(ロ)に分けてある、考えてみると現実には内容が全く異なる。(イ)は主体の側が対象にとけ込むこと、であり、(ロ)は対象物を変化させることである。私が脱近代化をめざす「同化」と称するのは(イ)の意味で主体が対象物と同じ位置で観る視座をもつことである。

同化という言葉はもともと化学領域の術語である。つまり広辞苑の②義である。炭酸同化作用という用語として教わる。つまり同化は生体内での物質の再構築であると高校化学で習う。また④も純然たるテクニカルタームである。

やっかいなのは③(イ)義である。例えば「同化政策」というと、近代における侵略的文化政策を思い起こす。

このような負のイメージをまとってはいるが、「同化」という言葉の①(イ)の主体が対象にとけ込むというのは魅力的であるし、主体と客体という二項対立的な視座に両者を超越したメタな視座を与えるニュアンスを帯びているので、あえて「同化(の心)」を未来への興趣として位置づけている。上述したように未来への興趣としての「同化の心」には宇宙的虚無感が背景にただよう。

蛇足かもしれないが、同化の反対が異化だ。異化作用というと、前述したがロシアのフォルマリズムの用語として文学や芸術の手法として、なじみが深い。

§2　近代人寺田寅彦の「同化」

○近代初期の「同化」
さて「同化」という言葉にまつわる意味の全体（筆者流にいうと言語空間）をひととおり検証した上で、その言葉が近代の入り口ではどのように使用されていたかを考察しよう。本論考の領域からいうとうってつけの人物が居る。近代の俳人にして文人、物理学者である寺田寅彦（俳号牛頓）はしばしば「同化」という言葉を使用する。頻発といって良いくらいだ。どのような場面で使用するか考察してみよう。そこにはまだ宇宙的虚無感は明確にはみることができない。

○寅彦の同化1：自然との同化
「自然に同化」するという表現を寅彦はする。今日ではあたりまえのような表現だが、当時は言葉としては新鮮だったのではないだろうか。【日本人はなるべく山水の自然をそこなうことなしに住居のそばに誘致し自分はその自然の中にいだかれ、その自然と同化した気持ちになることを楽しみとするのである】（＊30）、まさに自然と一体感を感じるという日本人特有の興趣であり、それを寅彦は同化と表現したのである。同じ意味で「自然に同化」という表現をしてもいる。【また別の言い方をすれば西洋人は自然を征服しようとしているが、従来の日本人は自然に同化し、順応しようとして来たとも言われなくはない。】（＊31）。寅彦の場合「と」と「に」の違いはそれほど意識していないようである。

○寅彦の同化2：対象に同化

自然へ同化するという意味を一歩進めて、対象物と自身とを一体化して考えるということ自体は人間社会では昔から存在していたと思われる。しかし具体的な対象物と「同化」するという言葉を寅彦が使用したのは注目に値する。【だんだん見慣れるに従って頭の中の三毛の記憶の影像が変化して眼前の生きたものに吸収され同化されて行く不思議な心理過程に興味を感じた。】（＊31）。寅彦は猫に吸収され同化されていく不思議な心理過程と表したが、まさに本論で述べている「同化」と同じニュアンスであろう。

人形への同化もそのあり方の一つである。【しかるに人形のお園は太夫の声を吸収同化してかえってほんとうのお園そのものになりきってしまうのである。】（＊32）

○寅彦の同化3：同化異化作用

少しく驚いたのは寅彦が同化異化作用という言葉を使っていたことである。【尤もこんな事は美術とは何の関係もない事ではあるが、それでも感受性の鋭い型の観覧者に取っては、彼等が場内にはいって後に作品から受取る表象の同化異化作用に何らかの影響を及ぼさないものだろうか。】（＊33）。この随筆の初出は1920年という、ブレヒトが演劇理論としての異化作用を唱えたのは1920年代だから、むしろ寅彦の方が早い。ということは、寅彦はブレヒトの演劇理論より直接ロシアフォルマリズムの用語である異化を知ったのではないかと推定する。ロシアフォルマリズムの「異化」が謂われたのは1910〜1920年代である。

§3 「同化の心」の源泉

○「松の事は」は同化の源泉

近代科学の思想を借りなくても思弁的に「同化の心」は生まれてくる。その由縁は日本人の自然観にあった。思弁的に示された時代を俳句の世界で求めると蕉風の理念にまでさかのぼることができる。

「あかさうし」（＊34）のよく知られた「松の事は松に習へ」という箇所がある。

……松の事は松に習へ、竹の事は竹に習へと、師の詞のおりしも私意をはなれよといふ事也。この習へといふ所をおのがまゝにとりて終に習はざる也。習へと云は、物に入てその微の顕て情感るや、句となる所也。たとへ物あらはに云出ても、そのものより自然に出る情にあらざれば、物と我二ッになりて其情誠にいたらず。私意のなす作意也。……

平たく解するとこの箇所のいわんとするところは、実物をよく観てそのモノの特徴(本質といったりする)を摑めということだろう。しかし「物に入る」「物の微」「物我一如」などの思弁的キーワードが立ちふさがっているので深く考えると解りづらい。そのことは措くとして、私がこの箇所を「同化の心」の源泉とするのは、「物に入る」という主体が対象物の中に自分の心を移動する行為とそこに自然に出てくる情で、物と我とが一つになったと感じた時、その時にその情は誠に達する(心に浮かぶ情が風雅の誠に通じる)と述べているからである。尤も原文は「物と我二ッになりて云々」と反語的表現ではあるが。物と我とが一つになる、これも平たく考えれば対象のモノになって考えなさい、ということにしても良いのではないか。つまり同化の視点の重要性、「同化の心」を述べていると理解することが可能である。

○物我一如のこと

「物我一如」は仏教哲理の「物心一如」に通じる言葉であり、蕉風の作句の理念である。「物心一如」には自分の心と体が一致している、つまり「心身一如」的ニュアンスがある。比して「物我一如」という言葉の方が、物と主体である我との関係が意識されている、つまり両者の存在を意識した上で対象物に自分が入り込み、観入し感合するというニュアンスがあるので、より「同化の心」に近い。ただ「よく観よ、観照せよ」だけではなかなかその境地にたどり着かない。その点「同化の心」を実現する方法の一つはそのものになりきって想像するという技法をもっている。それゆえ「同化の心」という興趣には「写生」と同じように手法的側面が強い。だが、構造主義学者カイヨワも指摘したように、ある物になりきるというのは人類が原初来持っている遊びの要素の一つ（＊35）である。「遊び」で得られる快感は興趣そのものである。

◎まとめ：近代以降の「同化」という興趣
「同化」あるいは「同化の心」を興趣と考える。近代以降発達した科学技術の進歩によって得られた宇宙観・自然観に起因する「宇宙的虚無感」への裂け目が存在する興趣である。

☆主な引用・参考文献

＊29　唐木順三『日本人の心の歴史』１９７６年、筑摩書房
＊30　寺田寅彦「日本人の自然観」『寺田寅彦随筆集　第五巻』１９６３年、岩波文庫

＊31　寺田寅彦「備忘録」『寺田寅彦随筆集　第二巻』１９６４年、岩波文庫

＊32　寺田寅彦「生ける人形」『寺田寅彦随筆集　第三巻』１９６３年、岩波文庫

＊33　寺田寅彦「帝展を見ざるの記」『寺田寅彦全集　第八巻』１９９７年、岩波書店

＊34　向井去来　服部土芳　潁原退蔵校訂『去来抄・三冊子・旅寝論』１９９３年、岩波文庫

＊35　ロジェ・カイヨワ『遊びと人間』１９７１年（増補改訂版）講談社

明るい虚無の時代

§1　老いという興趣：明るい虚無の時代だからこそ

○俳句の興趣

興趣という言葉自体あまり市民権をえているわけではないが、蕉風流の「姿情」という言い方で分けると情に近い。情趣ともいえる。ただ、俳句の場合、情という言葉は理と対立させた言葉ではなく、モノと対立させた方が分かりやすい。その場合は、人間の感情や主観（思想も含めて）を含めて「情」と考えられ、それを重んじる感覚が俳句の世界では現在に至るまで根強い。そのため、私は人間の情を顕わに表現することよりモノの存在の表現によって読者と趣を共有する意で「非情の句」（情に非ずという意味）という言葉を使ってきた。そのことを考慮して、情趣という言葉でなければならない場合を除き、「興趣」（その俳句の読者に与える趣）という表現を使用している。私が使用する興趣の概念は広い。日本文化で最も基本的な興趣と呼べる「わび」「さび」「しおり」「無常」等々から「俳味」「滑稽」などという俳句独特の概念、子規が好んだ「壮大雄渾」「繊細精緻」などという景から受ける感情なども興趣の一つといえよう。

もともと興趣という言葉は中国南宋末期の詩論『滄浪詩話』（＊23前出）にある。【詩の法五あり。体製と曰ひ、格力と曰ひ、気象と曰ひ、興趣と曰ひ音節と曰ふ。】とあり、そのうち興趣は興味・趣で作家の心情からくるが鑑賞者に感じさせるものとある。この解説は鑑賞者を意識した言葉であるところが良い。しかし、この本の解説の「作家の心情からくるが」の「くるが」が気になる。俳句の鑑賞において作者の情は必要ない、むしろ顕わに情が表現されていたら、読者としては迷惑だ。読者は読んだ俳句を読者の言語空間で生き生きと活躍させて楽しむのだから。そういう前提であれば、「興趣」という言葉は読者を意識しているから俳句の場合よく馴染むのではなかろうか。興趣は、テーマと呼んでも差し支えないのであるが、少し「この句のテーマは何々」と説明するのは「そぐわなさ」を感じる。せっかく興趣という言葉があるのでそれを使うことにしている。

余談になるが東京の小金井市に滄浪泉園という公園がある。二十世紀初頭の実業家波多野承五郎の別荘だったところで今は小金井市の公園となっているらしい。そこには武蔵野の「はけ(泉)」があり、野鳥のサンクチュアリになっていた。近所に住んでいた私はよくそこに遊びにいった。初めてサンコウチョウの美しい鳴き声を耳にしたのもそこである。庭園の名は犬養毅（木堂）がつけたというが、それは『滄浪詩話』に因んだものかどうかは詳らかではないが、この本の名前を聞くと、なんだか懐かしさを感じる。

○「老い」は現代的課題となった

興趣というものは時代で移り変わるものだ。日本文化の最も基本的な情趣である「無常感」にしても中世の戦乱や天変地異、末法思想が契機とされる。

ところで「老い」というのは現代的興趣だというと奇異な感じをうけるであろうか。しかし現代社会においては単に高齢者の割合が増大したというだけでなく、「老い」そのものの意味があらゆる角度から考えられている時代である。

一般的には「老い」は人間にとって、不条理な出来事で宗教の駆動力にもなりうる。例えば少しマイナーな気分が勝っている北独を中心とする欧州の文学者は哲学的で内省的な傾向があり、人生総括の期として「老い」に興味が強くあり取り組んでいる。トーマス・マン、ヘッセ、シュティフター等であるが、古くはゲーテがいる。ゲーテの『ファウスト』の主人公は老いてきたときに自分の人生を完成させるべく悪魔メフィストフェレスと契約まで結ぶ。ここでは若さは「老い」との対比で、人間の存在や時間に関する洞察をすることが大きなテーマの一つとなっている。

演劇界の巨匠シルヴィウ・プルカレーテはルーマニアのシビウで開かれる国際演劇祭（70カ国以上が参加）で毎年「ファウスト」を上演し、それがこの演劇祭の目玉の一つになっている。

2018年は野田秀樹氏が「シビウ・ウォーク・オブ・フェイム」を受賞した年だが、たまたま私は現地でその「ファウスト」を観る機会に恵まれた。

原作は、年老いた学者のファウストが悪魔と契約して若返るが……、という物語。プルカレーテの舞台はスリリングな興奮に充ち満ちているが、なによりも興奮したのはファウストとともに観客が地獄の宴に参加することである。小悪魔達によって舞台の奥の別の空間に導かれると、まさに「はげ山の一夜」もかくあらんという乱痴気騒ぎ。観客の私も悪魔や魔女らと肩を組みビールをラッパ飲みしながら奇声を張り上げた。

そのような過去のことを語ったのにはわけがある。実は今年（２０２３年）の演劇祭ではプルカレーテと並行して新作の「ファウスト」が上演されたのである。しかも新作の能「ファウスト」として。この新作能は大阪の観世流シテ方の山本章弘氏が中心となって創作して上演されたのである。ＷＥＢから得られた情報では

……原作は、年老いた学者のファウストが悪魔と契約して若返るが─という物語。新作能では、ゲーテの墓に腰かけた老人（前シテ）が登場し、自身の苦悩を僧侶に語って消える。老人はファウストの亡霊であった。やがてファウストの亡霊（後シテ）が現れ、「生きている間にさまざまな快楽を経験したが、今となってはすべてが一夜の夢だ」と語り成仏する。……

（産経新聞ＷＥＢ６月23日）

という。まさに老いたファウストの西洋的情念と能に表現される翁の情念が融合しているではないか。

少しくファウストにこだわりすぎた。他の作品でもそうだ、トーマス・マンの『ヴェニスに死す』では初老の主人公アッシェンバッハの言動は一般的には19世紀リアリズム的傾向へのアンチテーゼとされるが、「老い」と美との関係の哲学的追究がテーマとも言われる。美少年タッジオへの愛、コレラ流行による死との親近性を通じて「老い」が有する一種の興趣を描き上げたともいえるのではないか。

資本主義が高度に発達しその転換期にさしかかったときに「老い」の時代的意味を最初に本格的に論じたのはシモーヌ・ド・ボーヴォワールではなかろうか。彼女のころから「老い」の問題は個人的不条理から社会的課題となったといえる。特に人類の平均寿命が延び65歳以上の高齢者の割合が3割近くなっている、当然「老い」の考え方もそれを前提として変化している。ボーヴォワールは『第二の性』で女性は女であるが故に人間性を疎外された存在であると論じたが、同じく「老人」も老人であるが故に社会から疎外された存在であることを『老い』（＊36）において論じる。第二の性と基本的視座、すなわち「フェミニズム」の問題にしろ「老い」の問題であれ我々のものの見方や行動が如何に社会構造に規定されているかをボーヴォワールは示し、そこから脱却する道を考えさせるという先駆性がある。

つまり「老い」はゲーテとそれに続く時代の作家のように個人的課題であった時代から社会的課題へとその本質的意義が変化発展してきたのである。高度資本主義社会になって、人間性が豊かになったかというと、むしろ貧しくなっている感がある。近代合理主義が社会の種々の仕組みに行き渡った論理的帰結として「老人」は生産性の悪い集団とする非人間的観念が滲みだしてきた。人間を人間性で思いやる、のではなく生産性で測るのは悪しき近代合理主義であるが、その感覚は我々の心のどこかに浸透しているに違いない。性的マイノリティに対し「生産性がないから税金を使うな」と公言した日本の国会議員も存在している。

ボーヴォワールの『老い』からいくつかの記憶に残った要点をあげ「老い」は社会的課題であることを確かめてみたい。【老齢は我々を不意にとらえる】とボーヴォワールは述べる。言い得て妙である、実感はまさにそうである。

此 秋 は 何 で 年 よ る 雲 に 鳥　松尾芭蕉

だが「その時」は個人差があるのが当然である。ある人は六十歳を待たずに「老人」となるが、ある人は八十歳になっても青年のごとく若々しい。しかし親切な日本の政府は高齢者制度（高齢者医療制度等）を用意してくれて人が六十五歳になると老人だと教えてくれる。七十五歳になれば後期高齢者という、はなはだがっくりするような称号を与えてくれる。多くの「老人」は心の中でこの呼称を喜んでいないのではないか。

この本『老い』はさらに【老いをさらして生きること】で老人の生き方に多様性があること、十把一絡げ的観念像の誤りを、この『老い』は教えてくれる。また近頃話題になることが多いが「老人と性」の問題は老人が人間であることの主張のようなものである。

日本では社会学者の上野千鶴子氏が「老い」の問題について精力的に発言をしている。「孤独死でなく孤立した生が問題」とした氏の意見はまさに的を射ているのではないか。「老い」はいまや誰でも影響を受ける社会的課題として存在することは明らかである。

だが、以上に述べたことは社会的課題としての「老い」の問題である。「老い」は理不尽にも誰にでも襲いかかり【我々を不意にとらえる】。詩歌の世界でも当然「老い」は関心の高いテーマとならざるを得ないが、ここ十数年の詩歌、特に俳句における「老い」に対する表現者の態度には「老い」そのものを楽しむ風すらうかがわれ、「老い」を昇華して楽しむ、すなわち興趣の位置にまで昇華させている。実態をよく観ていこう。

○今や老いは興趣である

近年俳句の世界で真正面から本格的に「老い」を取り上げて考察したのは坪内稔典氏ではなかろうか。２０２３年、『老いの俳句』が上梓されたが、これは「ＷＥＰ俳句通信」に2年半、15回にわたって連載され、毎回「老い」に関連する俳人の作やテーマをとりあげて「老い」俳句哲学を開陳していた。最も印象に残っていることは、草間時彦の作品を扱った回で記されていた【老いとは演じるもの】というテーゼだ。くそ真面目に解釈すれば、「老い」を含めて「作品に典型を演じさせる」ということだと思うが、そんなことより「老いとは演じるもの」という行為自体を想像して気分良く笑ってしまった。ここまでくれば「老い」は間違いなく興趣である。「老い」

は明るいのが良い。でも決して「滅び行くモノは明るい」などというまい。

現代の俳句作品では青山丈氏の俳句が、典型的に「老い」の興趣にあふれているものだろう。青山丈氏は「老い」と「非情」いう興趣を最も積極的に作品化している一人である。青山丈氏に関してはたびたび扱ってきたので改めて触れない。とはいうものの、丈氏の『千住と云ふ所にて』の作品について坊城俊樹氏と髙柳克弘氏が座談した言葉で特に印象に残っていることがあるので触れておきたい。

……

坊城　（前略）それに境涯的な句もないいんでうれしかった。

髙柳　「非情」ですね

坊城　だから、骨格が太く大きく感じられたね。こういう俳句ってのは、50年やんないとできないいんだよ。

髙柳　年代的なこととかもしれないけど、ぼくからすると、もう少しぴりっと電撃的なものがあって欲しかったなと、（後略）

坊城　いま、髙柳さんは33歳ですよね。この句集をいいと思わない方がいいよ（笑い）

髙柳　気持ちの悪い句集と思った方がいいですかね（笑い）

坊城　そう、気持ちの悪い句集だよ（笑い）……

（「鑑賞・青山丈句集『千住と云ふ所にて』を読む」「WEP俳句通信」76号、2013年10月）

この対談の文脈をたどると、坊城氏は年齢による興趣の差を意識している。そして髙柳氏の「気持ちの悪い句集と思った方がいいですかね」の反応と確認によって、「老い」というのが興趣として存在することを二人は認めていることになる。

「気持ちの悪い」は反語的につかわれているわけだが、それとは別に、私自身がふと想起したのは、LGBTが気持ち悪いという人がいるのと同様に「老い」も気持ち悪いと思う人がいるのかもしれないことだ。人間は自分の周囲にみかけない新奇なものを気持ち悪いと思う傾向がある。二人が話題に上げている句で「老い」の興趣として感じられる句を掲げておく。願わくば「老い」という興趣が俳句を通して少しでも心豊かになる方向に進むことを念じる。

薔薇園をまるく歩いて出てしまふ　　青山　丈

夕蟬も夕日も帰る方にあり　　同

梧桐の影踏めるとき踏んでおく　　同

○「老い」というゆるく輝く興趣

もう一人、今井杏太郎の俳句を紹介したい。今井杏太郎は2012年に84歳で亡くなった俳人である。結社「鶴」に1969年に入会しているが、石田波郷の没年でもある。1995年にはそこを退会して1997年に「魚座」を主宰する。「鶴」は人間探求派・石田波郷の牙城である。波郷の「韻文」精神や切れの尊重などの俳句の考え方は当時の俳句界に大きな、ある意味では現在でも影響を残している。だが、その「鶴」の世界に長らく身を置いた杏太郎は「呟けば俳句」という言葉を残したように、ゆるい調子のいわば周囲とは一線を画するような俳句を作り続けた。

前にゐてうしろへゆきし蜻蛉かな　　今井杏太郎
ひまはりの種蒔きにゆく男たち　　同

「たるむ」は月並俳句の性格として正岡子規が基本的に排除したものである。子規は【たるむとは一句の聞え自ら緩みてしまらぬ心地するをいふ】として琴の糸がゆるんだようなものと例える。そこで「たるんだ表現」というよりここでは「ゆるんだ表現」という使い方をする。たぶんそれとの連想で切れ字礼賛の有名な句【霜柱俳句は切字響きけり／波郷】があるのかもしれない。今井杏太郎は平明な言葉を用いて、口語と文語の混合、ゆるい時間の流れの表現など波郷の影響によってなかば俳句のタブー視されていた表現を敢然と推し進めた。このことは俳句の地平を広げたものとして評価できる。特に句材として陰に陽に「老い」を用いて、いわば「老い」という興趣を実作で切り開いたひとりである。しかも割合人生の若い間に「老い」の興趣に近づいている。それは杏太郎が精神科医で老人の心の襞に踏み入ることが多くあったことと関係があるのかもしれない。杏太郎の述べるごとく【老人とは人間の生きざまの果てに輝いているもの】とすれば、まさに「老い」は興趣である。

分かりやすく「老い」を直接使った句でその興趣を味わってみよう。

老人の息のちかくに天道蟲　杏太郎

まだ私は生きている、あるいは天に生かされている、ということをしみじみ感じたのであろうか。天道虫と表記したことに「老い」の興趣が表出している。

でで蟲を見て老人の泣きにけり

「泣く」ことも「老い」ならではである。これは作者の自らの「老い」に感じ入ったのではない。精神科医でもある作者がみた景である。

老人の名はぺぺ棉の花咲いて

老人が綿花を摘んでいる景が浮かぶ。加藤哲也氏が指摘（＊37）するようにこの老人は〈老人が被って麥稈帽子かな／杏太郎〉の主人公である、麥稈帽子を被った深いしわのある老人を想像するとアンクルトムに違いないと思いたいのだが、なんとぺぺという名前だ、それだけでも興がわく。ぺぺという名で興が湧くのは、どちらかというと私の個人的趣味にすぎないかもしれない。しかし思い出すのだからショウがあるまい。ぺぺ・ル・モコ。あの名画『望郷』はジャン・ギャバンが演じた。アルジェのカスバで遠くパリへの思いを抱くギャングのボスを演じるジャン・ギャバンには人生の重みを感じさせる。――実はこのときのジャン・ギャバンは30代半ばのはず。だが、私の記憶の中では『暗黒街のふたり』や『シシリアン』でアラン・ドロンと競演したときの渋みのあるマスクにジャン・ギャバンの顔は入れ替わってしまっている。そうそう、『望郷』は詩的リアリズムの名作といわれたが、メタリアリズムに近いかも。それに時が経つと『カサブランカ』の雰囲気までがぺぺ・ル・モコに被さってくる。つまりフランス的「老い」の興趣である。杏太郎も年代から考えるとジャン・ギャバンを思い出したに違いない。日本で云えば志村喬の島田勘兵衛（『七人の侍』）か渡邊勘治（『生きる』の市役所の課長）というところか。

「老い」という興趣は顕わに「老い」が表現されて居ない場合でもじっと句を眺めていると、そこはかとなく、味わい深い趣として、浮かび上がってくる興趣だ。

　さまざまな冬の木を見てあそびけり　　杏太郎

　萍を見てをり夜になりにけり　　同

§2　観照の先にあるもの：無常と虚無への入り口

○俳句は観照する

一つ根に離れ浮く葉や春の水　　高浜虚子

改めて掲げるこの句は、虚子が春先に鎌倉の神社の横手を散歩していた際、その溝の水面に浮かぶ葉を見て詠んだものという。虚子が「じっと眺め入る」ことで見つけた「春」の喜びであり、また春を「発見する喜び」でもあり、俳句の写生の中で生まれた作品である。虚子が「客観写生」という言葉を主張したためか、ときおり、この句は「客観写生」の典型として扱われる。「客観写生」という手法は俳句を詠む対象を、作者の主観を入れずに見たままに表現することであり、句作法であるが、俳句の理念と見なす方もいる。

「客観写生」は「作句心得」、或いは「作句の態度」的な句作法のことを指している。理念と感じるのは「写生道」という言葉があるためかもしれないが、この言葉は島木赤彦や斎藤茂吉が歌論として唱えたものである。日本人は「道」という言葉を好み、しばしば手法と理念を混同して用いる、尤もそれが日本人的心の特徴かも知れない。

一般的には、虚子がこの句を例にして、俳句が対象をひたすら客観的に見ること、写生することの重要性を説明したと理解されている。

だがこの一句を「客観写生」の典型と捉えると、虚子がわざわざ述べた「眺め、案じ入る」という行為の重要性を捨象している感がある。虚子が俳句の理念として（技法としてというべきか）最も強調したかったのは「客観写生」ではなく「観照」だったのではないか。

この句は、高浜虚子の『俳句の作りよう』（＊1前出）という著書にある。もともとはホトトギス誌に載った文章で俳人たちに対する句作の心得を説くための論述で、その第3章に「じっと眺め入ること」、第4章に「じっと案じ入ること」というタイトルがある。この二つの章は俳句における観照のもつ意味を具体的に説明して分かりやすいので少し長くなるが引用する。

……芭蕉の弟子のうちでも許六という人は配合に重きを置いた人で、題に執着しないで、何でも配合物を見出してきて、それをその題にくっつける、という説を主張していることは前章に述べた通りでありますが、それと全然反対なのは去来であります。去来は配合などには重きを置かず、ある題の趣に深く深く考え入って、執着に執着を重ねて、その題の意味の中核を捕えてこねばやまぬという句作法を取ったようであります。

この後者の句作法の方をさらに二つに分けてみることができます。その一は目で見る方で、

じっと眺め入ること

であります。その二は、心で考える方で、

じっと案じ入ること

であります。……

虚子はそのあと、【「じっと眺め入る」ということもやがては「じっと案じ入る」ということになるのであって、それを截然と切り離して考えるということはむしろできがたいというのが本当なのです】と述べ、両者は切り離せないことを説明している。無論そうであるが、「眺め入る」と「案じ入る」には句作の態度としては大きな差異があらわれる。「眺め入る」ことだけでは「写生」しか生まないが、「案じ入る」ことには人間の思念的作用が強く働き、観照と呼ぶべき心の作用になる。

この句の場合、虚子は「じっと眺め入る」ことで三つの発見をする。一つは自然の移ろいと生命との有り様である。同じ泥の中に土に還っていこうとしている古い草と新しく伸びてきている萍とを凝視し【私はその冬の名残である廃物の藻草とこの新しく来るところの春のシンボルのような一枚の浮草の葉とを凝視したのであります。】というのである。二つめはその新しい萍と古い萍たちの根は、思わぬ遠く離れた別の所から出ているという面白い事実である。これはぼんやり見ていては気がつかないことであろう。むしろ虚子のこの態度は自然科学で言うところの観察に近く、考えることで新しい事実を発見するのである。三つめは、今度はこの根から逆にたどって、同じ根から出た萍が放射線状に浮いている美しさに気がついたのである。次のように説明している。【それが一つの根から出たものであることに気がついてみると、なるほど、それはことごとくシンメトリーに幾何学的に置かれた浮標であるかのように、同じ距離を保って小さい葉を浮かべているのでありました】。これらの三つの発見は、ただぼんやり眺めていてはできない。いいかえれば「眺め入る」と「案じる」は切り離せないのである。いわば観ているのである。

次のステップとして読む人間も、その発見の楽しさ、美しさを改めて認識するのである。この場合読者も文字の表面からだけでは、そのような楽しさを充分感じることはできない。そのためには読者自身もそれに反応する経験、詩嚢、いわば豊かな言語空間を有していることが必要であり、それは文字を媒介とする俳句には特に詠み手と読み手の言語空間が文字を媒介として共振しあうメカニズムが重要である。

「観照」はもともと仏教用語で、真実の智慧を働かせて、個々の事物やその理法を明らかに洞察することであるが、美学では美を直接的に認識すること、美意識の知的側面の作用を表す概念である。転じて、詩人が自然や物事を観察し、その本質を見つけ出し、それを詩に昇華するための洞察を意味する。つまり俳句などの美意識のまつわる領域では哲理の発見ではなく観察から洞察し新鮮な興趣を得る一連の作用を表す概念と考えて良い。

その意味で〈一つ根に離れ浮く葉や春の水〉という句は、俳句における「観照」の分かりやすい例である。

虚子が示したのは、一見「どうでもいいこと」の中に存在する「どうでもいい何か」を発見をして癒され、愉しみ、心が豊かになるということなのだ。この「どうでもいいこと」の意味は深い。人は自分の存在をこの無限の時空の中の微塵に過ぎないと正しく認識した時に、周囲の「どうでもいいこと」に愛おしさすら覚えることがある。ある時はっとそのことに気づいたりするが、多くはじっくりと観た時に、モノコトのあるがままの姿に存在の不思議さを覚え一種の感動と安寧を覚えることがあるのだ。

その行為を観照とすれば、俳句は観照によって得られる喜びと、またそのモノコトを文字にすることで、新たに読む人に、つまり他の人間に喜びを与えることも可能であることを虚子は言いたかったはずだ。

ただ、「じっと眺め、案じること」が観照であることの対極として、虚子が「配合」を置いたのは分かりやすい図式的説明だが、少し疑問が残る。作句法といえども前者が俳句理念を追求することで対極とした後者は俳句の技法なのである。許六と去来の俳句における力点の相違を示してはいるが、対極のものだとはいえない。つまり「配合」の句も本来的に深浅はあっても観照の上に成り立つべきものではないか。自然を観て深く考える、また自身を含めた人間のあり方を一歩離れて観るというのが観照であり俳句という表現様式の基本的理念なのではないか。

○俳句と意味の伝達性

このように、観照は俳句における重要な理念的プロセスであり、詩人が詠む対象と向き合い、その本質を見つけ出し、それを詩に昇華することを可能にする。一般的に、詩人が自然や物事を深く理解し、感じることを通じて、詩人自身は感情や視点を反映した芸術作品を生み出し、それは鑑賞を通じて可能にするのだといってよい。

今、ここで一般的に詩人は、という書き方にしたのには理由がある。俳人も詩人だが、特殊性のある詩を作る。俳句の世界では短詩型として表された文字が少ないため、それだけの理由ではないが、読者との関係が独特な意味合いをもつ表現様式になる。

例えていえば、俳句における言語空間はビッグバーンの直後しばらくしての時空とアナロジーが成り立つと思っている。この世界が存在はしているが、まだモノだかなんだか判らないような状態から時間を経て、素粒子、原子、分子等の粒子や電磁波等々を形成して宇宙空間が形成されていったような状態だ。俳句における言葉はいわば、まだどちらかというと原初状態に近く、個々の単語として、あるいは断片的な接続をするだけでまだ活性化したままの状態であり、完璧な意味の空間を構成して表示されるわけではない。だが、その分だけ生命力に溢れているといえる。

もう少し具体的に言うと、「詠み手」が表現するモノは彼が観照で得たモノコトそのものではなく、むしろ観照の対象となったモノコトをなるべくそのまま差し示すような形で言葉を表出する。すると「読み手」はその言葉を自分の言語空間の中で共鳴や結合をさせ、「読み手」の観照プロセスを「読み手」なりに展開するというのが俳句の「詠み手」と「読み手」間のプロセスである。

このことは表現芸術一般について共通のことではあるが、ことさら俳句にはそのプロセスが重要であり、一つの俳句の存在理由ともなっている。よくいう「俳句はあれといって指し示すこと」とか「俳句における意味の宙づり状態」というのはこのようなプロセスを表す。「言いおほせて何かある」という言葉も完結した意味を持った言葉は、読み手の言語空間での共鳴の豊かさを限定してしまうことを戒めたいのである。言葉による意味の伝達性より、言葉の生命力を重視するのが俳句だからである。

以下に俳句におけるそのプロセスを例示してみる。詠み手が観照した景が読者の言語空間で共鳴・反応する際のいくつかの例を示すことになる。

海 に 出 て 木 枯 帰 る と こ ろ な し　　山口誓子

人口に膾炙した句である。木枯らしが海に吹き出して、帰る場所がない様子を描いている。だが、木枯らしの吹き出している海もしくは海辺で吹き抜けたような空を観ている作者が観照したものは戦争のイメージである。そのイメージは詠み手自身が自らの言語空間の内部を語っている。つまり戦時下の昭和19年に詠まれ、特攻隊を悼んで作られたと誓子自身が解説している。読者もそのことを知っており、帰ることを許されない特攻隊員が戦場の空に飛び立っていく姿を、帰るところのない「木枯」に重ねている。この句は、その時代の厳しい現実を詠んだものであり、その背景を知ることで、その深さと重みがより理解される。

もし読み手が誓子の自句自解を知らない、あるいは承知していても自由な想像力が働く言語空間を有していたとしよう、芭蕉が歌枕を訪れたときにいろいろな情趣の句が彼の言語空間を駆け回るように、誓子の句はたちどころに多くの共鳴し合う句を思い浮かべるに違いない。

木枯の果てはありけり海の音　池西言水
凩や海に夕日を吹き落とす　夏目漱石
木枯らしやどちへ吹かうと御意次第　芥川龍之介

例えば、読み手によっては、一連の木枯らしの句を想起するに違いない。これらの句の中に並べれば、山口誓子の句は全く異なった興趣の句となる。このように読者の言語空間によって興趣はがらりと変化するのである。俳句のすごさ、面白さは、ここにある。

ただ付言すれば、私は作者の自解に大きく依存するような観照は好みではない、そのように自戒している。

かもめ来よ天金の書を開くたび　三橋敏雄

この句は、洋書のページを開くたびに、作者が本というモノの存在を一種の憧憬をもって眺めている様子が表されている。装幀の豪華な洋書、しかもアンソロジーだと思いたい。洋書の開いた天に施した金箔がカモメの飛翔する形に見える様子を描いている、という見立ての面白さがあり、直接表現されているのはそれだけである。いやもう一つモノ以外にある。「来よ」という心の呼びかけである。読む者はこの「かもめ来よ」という命令あるいは願望の言葉で、かもめが詩人の魂の象徴であることに気づかされる。詩人が本を開くたびに、真っ白なカモメが金色の翼となって飛んで来るという豊かなイメージの世界が心を躍らせるのである。

さらに天金という言葉で昔、書物、つまりそこに記されている言葉が生命力に溢れていたことに思いを馳せるのである。天金は劣化や虫害を防止する目的で本の天（本の三つの切り口、それぞれ天、小口、地という）に金箔を施したものであり、豪華な装飾にもなる。西洋で17世紀に発案されたもので無論、和綴じの本ではない。少年のころ厚い天金の洋書をおずおずと手にした時に、ページを開くのがためらわれるような貴さを感じ、異国へのあこがれを感じたことを思い出す。本が消耗品のように扱われていない時代のことである。きっと三橋敏雄にとっても天金はそのような憧れの表徴だったのであろう。

読者はそこに指し示されたモノとわずかな言葉の断片だけから、観照し、読者自身の言語空間の中に豊かなイメージを作り上げる。

凩 が 吹 き 利 根 川 は 白 い 川　　今井杏太郎

冬の風景を描いた美しい句だ。凩が吹き荒れる中で、利根川が白く見える様子を景とした表現である。凩は、冬の初めに吹く強い風で、空気が乾燥し、視界が良くなる。そのため、川面が白く見えるのだ。凩は太平洋岸に吹き、特に武蔵野の雑木林を鳴らし、利根の河原を吹き抜けて、そこに住む人々の生活の原風景として焼き付いている。寒さが増し、生活が厳しくなるので、冬支度をととのえて人々は生きていく。この句は、廻り来る自然の厳しさと美しさ、そしてその中で生きる人々の生活を彷彿とさせてくれるのである。だが読者にとって、この句はなかなか厄介である、さらなる観照はこの「白い川」とはいったい何であろうかと、羽化したような言葉が生命力をもって頭の中の空間で舞い続けるからである。言葉の「曖昧性」は時として言葉の生命力と裏腹である。俳句は作者の「意味の世界（理や情の世界）」を正確に伝達するために綴られるものではない。読者の心に感興をそそりイメージを豊かに展開させるために俳句は詠われるのである。詩歌においては「曖昧性」も一種のレトリックである。

綿虫とぶつかる頃の日となりぬ　　青山　丈

この句は、日常生活の一瞬を捉えたものであるが、日常では気にも留めない出来事とその言い回しとによって、フォルマリズムの異化にも似た観照作用を読者にひきおこす。

初冬のどんよりと曇った日に、白い綿のような分泌物をつけて飛んでいる綿虫とぶつかる瞬間は日常のただごとであるが、ふと気がついて、季節の移ろいを感じたときには特殊な存在となる。綿虫は、その軽さと飛び方から、人とほとんどぶつかることがないゆえに、たまたまの衝突が意識に強く感じられたとも考えられる。

また、この句は「頃の日となりぬ」という不思議な表現によって読者の言語空間に変わった波動を起こす。「ぶつかる日となりぬ」であれば実際にぶつかった日と解釈するだろう、ところが「ぶつかる頃の日」というと、そろそろ出てくるのか、と思っただけで実際には綿虫に出合っていないとも解釈できる。

この句は、日常生活のただごとが俳句的趣を与えてくれていることを示すとともに、時間の表現の不思議さ、いやそれ以上に時間の不思議さを考えさせる俳句表現である。ぶつかる瞬間、日常生活の瞬間における一瞬を切り取ることで生まれる趣(俳句は瞬間を切り取ることを重んじる)に対するアンチテーゼではないかと勘繰りたくなる面白さがある。青山丈さんの句は一瞬の時を切り取るという趣よりゆるやかな時の持つ豊かさと、そこに揺蕩う時空の美しさを詠う句が多い。

朝昼と過ぎて夜のくる八重桜　　青山　丈

この句は、まさに流れる時間の美しさを自然、ここでは八重桜に托して歌い上げている。時間とともに様相の変わる自然の美しさ、朝から昼へ、そして夜へと移り変わる時間の流れの中で、八重桜の美しさを早送りのフィルムのようにイメージしたあと、読み手は、八重桜を静観する作者らしい人間の存在とそのような景の中にいる人間の感情の移ろいをもイメージするのではなかろうか。この時の流れ方は「老い」という新しい興趣にも通じる。

以上いくつかの句を通して、必ずしも作者の興趣を正確に読者に伝えることが、俳句の最終目的でないことが示されたと思う。そもそも詩歌は意味を正確に伝達することを目的としているのではないが、俳句は「読者と完成させる」という言葉をしばしば聞くように、特に読者の言語空間に共鳴することが重視されているのである。よく考えてみると、元来我々が文字に興趣や思想（感動やイメージや意味までも含めて）を托しても、それがそのまま読む者に伝わるとは限らない。それが文字の宿命である。俳句はもともとそのプロセスを放棄して、読む者が自ら興趣を覚えるように文字を綴るべき表現法なのである。そのために観照で得た興趣もモノコトそのものを文字で指し示すだけで読者の前に表出するのである。その方が読者に豊かなイメージを展開する機会を与えるからである。

○俳句の観照は最も根源的なモノに関する問いかけ

物事の本質を問う、というのは哲学や宗教の領分であるが、俳句もそのような理念を有していることは「物我一智（致）」という芭蕉の言葉に現れている。これは禅などで使う物我一如や物心一如といった概念とほぼ同じで、自己と対象が一体であるという自覚（境地と呼ぶ人もいよう）を表している。

「物我一致」というのは物（つまり対象、客観）と自己とが一つであるという自覚と、すべて（他人も物も）が自己と一体となり、すべてが自己の心であるという自覚が生じる。この自覚からは、無の感覚が生じる。自分を相対化することにより、自分の存在だけが特殊なものではないという虚無の境地も生まれる。宗教的にいう無我の境地、自分、誇るべき自己も名利をもつべき自己も、さらには自他もなし、と同じ無の境地である。

芭蕉は、自己と対象が一体であるという観念的自覚を強調し、俳諧の理念の中心においた。元禄七年（五十一歳）の弟子にあてた書簡で、「物我一智」の境涯に至ることの大切さを説いている。【唯小道小枝に分別動候て、世上の是非やむ時なく、自智物をくらます処、日々より月々年々の修行ならでは物我一智之場所へ至間敷く存候(元禄7年怒誰宛書簡)】（＊38）がそれである。哲学者、西田幾多郎が述べた「絶対矛盾的自己同一」も同様の概念で日本人の心に浸透した理念である。

物と心が一つになるという自覚（境地）はどういうことかは、極めて観念的ではあるが土芳が『三冊子』（＊34前出）に書き留めているが、その中にも、「心が物になる」という言葉がある。【常風雅にいるものは、思ふ心の色、物となりて、句姿定るものなれば、取物自然にして子細なし。】（常に風雅を実践していれば、心が色、物になる。そうすれば自然と句ができる。）私意を離れよということであろう。私意を離れて無分別の時は、自分はないので、自分が物である。道元禅師は「身心脱落」という。「身心」は「自分」である。自分が脱落すれば、客観のみである。それが禅であるが、俳句もそうだというのである。

この思想の源泉は仏教、特に禅の教えであるが、もともとウパニシャッド哲学の「梵我一如」の思想であろう。宇宙を支配する原理であるブラフマン（梵）と、個人を支配する原理であるアートマン（我）が同一であることを指す。

したがって、「梵我一如」は宇宙と個人の一体性を、「物我一如」は自己と対象の一体性をそれぞれ強調しているがどちらも自己と対象の一体性を表す概念である。

よく、ウパニシャッド哲学と物理学の間には、特に物・宇宙の本質的な理解に関連した類似性が指摘される。ウパニシャッド哲学は、宇宙の根本原理を探求することに重点を置いている。同じように、物理学、特に量子力学や宇宙物理学もまた、物質やエネルギー、時空など、宇宙の基本的な性質に迫ろうとしている。これは、ウパニシャッド哲学の「梵我一如」の思想と通じ合う。通じ合うといっても、ウパニシャッド哲学は主に内省と直観に基づく精神的な探求を通じて、物理学は観察と実験に基づく科学的な方法を用いるものであり、形而上学的な類似性があっても必ずしも、具体的な理論や現象に一致しない。ただ、我々が宇宙と自己の本質、あるいは物と我の関係を理解するための貴重な手がかりといえる。

ここまでで言えることは俳諧が理念としていた「物我一致」という考え方は、当然その時代の物（宇宙）と我（人間の心）の理解の度合いが反映されるに違いないということである。

俳句の観照は最も根源的なモノへの人間の問いかけなのである。仏教的思想と現代の宇宙観が典型的に調和して示されている俳句に大峯あきらの作品がある。大峯は俳人であるとともに仏教哲学者である。いくつかの例を示そう。

虫の夜の星空に浮く地球かな　　大峯あきら

この句は、みごとに現代の宇宙観をあらわしている。まさに物と我とが一つの景に一致して表されている。つまり地球上の「虫を聞く」という人間生活と自分の存在する地球を「星空に浮く地球」として客観視し、宇宙の広大さと渾然一体となし見事につなげている。景を観る視点も宇宙全体に広がり、地上の虫の鳴き声に傾ける耳と星空という静寂なる宇宙空間から地球を観ている眼とが、一つの風景として描かれているところに新鮮な驚きを禁じ得ない。

我々が地球上で生活しているという事実を、宇宙の一部として捉え直すことで、人間の存在を新たな視点から問い直すことの美しさ、あるいは巨大な虚ろの世界を読者の言語空間に響かせてくれる。

がちやがちやに夜な夜な赤き火星かな　　あきら

ここでも、地球上の生活と宇宙がしっかりと新鮮な興趣として描かれている。くつわ虫のがちゃがちゃという大きいが聞きようでは静かさのある鳴き声は不気味な軍神マルスである赤い火星の輝きに、ふさわしい。「夜な夜な」というのはおどろおどろしさを醸し出すのに充分な言葉である。虫の声と火星の光、聴覚と視覚との単純な組み合わせが一体となった景、地球上の生活と遥か遠くの宇宙が一つに結びついていることを感じさせる。これも宇宙的虚の興趣だ。

月はいま地球の裏か磯遊び　あきら

この句は作者が現代の太陽系モデルを念頭に置いており、眼前に広がる磯でいろいろな生物に触れたりしながら遊び、そして観照していることを示している。地球の裏側にいる月を人は視覚で捉えることはできない。しかし磯遊びをする大潮の時に月と太陽と地球がほぼ一直線に並ぶこと、満月の時、月は太陽から見て地球の裏側にいることを知識として識っている。これも現代の科学的知識による観照の力である。「月はいま地球の裏か」という言い回しには、地球と月の位置関係を、宇宙全体に同化したモノの眼でみているのである。次に、「磯遊び」という部分は、人間の生活と自然との関係を示している。磯遊びを題材とすることで、自然と触れ合う楽しみを表している。

この句全体を通じて、大峯あきらは、私たちが地球上で生活している一方で、広大な宇宙の一部であることを強調して、また、自然と触れ合うことの楽しさも伝えている。

現代の物質観、宇宙観は「梵と我の一致」を悟らせることにより、一見安寧と調和に満ちた世界の美しいイメージを我々に提供してくれる。だが現代の宇宙観・世界観は宇宙の姿を我々に示すとともに「我」の存在を無限の時空の中にあまりにも微細な塵埃のようなものにしてしまう可能性を秘めている。無常観と虚無感への入り口を現代の宇宙観・世界観は開いてしまったのである。

○観照は擬態的な無常・虚無へ誘う

日本の中世には無常観が広がった。それは仏教的無常観といっても良いが、種々の様相を示しながら近代以降は虚無感とあいまって哲学的無常観というより庶民感覚の無常感としてその後の日本人の心の歴史の大きな底流となった。すでに、人間の無常感あるいは虚無感は一種の興趣といって良いだろう。

中世の無常観は形而上学的に末法思想であるが、やはり戦乱や天災の打ち続く世相がその精神的温床になったと指摘されるところである。その底流は時代を経ながらときおり芭蕉の無常感のように時流として庶民の日常感覚として姿をあらわしつつ絶えることはなかった。

芭蕉の俳句理念に照らして考えると俳句の観照は無常感に通じる。芭蕉が『笈の小文』（＊39）序章に述べられている「西行の和歌における、宗祇の連歌における、雪舟の絵における、利休が茶における、其貫道する物は一なり。」とは、それぞれの芸術が追求した真理や美の探求が、根底では同じであるという考えだが、「貫道する物は一なり」は、無常感が日本の芸術全体に共通するテーマであること、少なくとも深く関わっていることを示していると思ってもよい。万物が絶えず変化し、何も永遠に続かないという仏教の教えから来る観念である無常観は、当時の和歌、連歌、絵画、茶道など、日本のあらゆる芸術形式に深い影響を与えている。

芭蕉の無常には、時間という旅の中にある「変わっていくもの」の向こうにある「変わらないもの」への気付きがあり、仏教的無常観に加え、宋学的不易流行の思想に立脚している。それによって人生の儚さをいたずらに嘆くことではなく、変化の中にある確固としたものを見つけようとする強い精神力、そしてそこから生まれる未来への希望も含み持っているとも言える。そこから芭蕉の観照は無常への入り口であるとともに、中世の現実否定のそれとは異なり、あくまでも現実肯定の精神の上に立つ。むしろ無常や虚無的感覚を興趣として楽しんでいる。その意味では擬態的な無常感・虚無感とも言える。

夏 草 や 兵 ど も が 夢 の あ と　　松尾芭蕉

この句は、芭蕉が「おくのほそ道」の旅で訪れた平泉の跡地を見て詠んだ。かつて栄華を極めた奥州藤原氏の居城であった場所は、今や夏草が生い茂るだけだという景である。彼が観照して見抜いたのは、時の移ろい、栄枯盛衰を繰り返す人間の営みを超えた大きな自然の移ろいであり、まさに観照によって、興趣として追憶で感じ入っているのである。中世的無常観との大きな差異であるし、俳句的観照の出発点でもある。かつ擬態的無常感である。

旅 に 病 で 夢 は 枯 野 を か け 廻 る　　芭蕉

この句は、旅先で病に倒れた芭蕉が自身を詠み、夢が枯野を駆け巡る様子は、人生の無常さをにじませている。芭蕉が亡くなる四日前に詠まれ、辞世かどうかの説が議論されることもあるようだが、推敲した〈旅に病てなほかけ廻る夢心〉という句があることを各務支考が「芭蕉翁追善之日記」に記していることや、翌日には、〈清滝や波に散り込む青松葉〉の句があることから、その段階で死を覚悟していたかはあまり定かではない。とはいうものの、やはり人生の無常を実感しつつ、その思いを詠った句であるとみたい。

○現代における虚無の入り口となる観照

俳句の興趣に無常感や虚無感が底流として流れているならば、それは当然時代的特徴を帯びたものである。すでに芭蕉の無常感・虚無感も多くは擬無常感であることは上述した。芭蕉の元禄期はいわば江戸の町民文化が花開いたときであり、中世の無常観のように、末世思想を背景にして、現実の社会も戦乱や天災に恐れおののく時代とは異なっていたからである。現代に興趣としての感覚である無常感や虚無感があるとすれば、それは理念的には現代の人間の世界観（この頃の世界観という言葉の意味が少し変化しているようだから宇宙観とよぶべきかもしれない）に基づくものであろう。自然を観照する眼は現代科学に裏打ちされた眼になっていることはすでに述べてきた。無常感、虚無感を醸し出す状況は現代の方が元禄期より強い気がする。人間の制御できない或いは人間を壊滅か変質させる可能性のある科学技術（核爆弾・ＤＮＡ操作・ＡＩ）が登場して不安感が増大したからである。次章では現代の無常感・虚無感を背景に俳句の興趣の問題を「観照」する。

§3　無常から明るい虚無へ

○虚無感と無常感：日本人の心の主要な興趣

時代で変化はするが、俳句の興趣には現代でも無常感や虚無感が通奏低音の如く流れているのを上述してきた。改めてこの興趣の現代性を述べたい。

「虚」は、「虚実皮膜」という言葉があるように、実の反意語として、またリアル（実際のモノコト）に対してのイメージ（架空のモノコトで、英語で image number とは虚数のこと）という意味で用いられる。だが虚無という使い方をすると、精神的な「うつろ」をも意味する。虚無は興趣たり得る。

また虚無と類似の言葉に無常という言葉がある。無常は日本の文化史上、重要な概念であり、中世以来日本詩歌でも中心的な興趣である。虚無とともに「感」を下に記すことにより詩歌的情感を示しより興趣らしくなる。

無常感と虚無感は、それぞれ生い立ちが別で、異なる意味を持つが、しばしば同じような情感と捉えられることがある。特に現代特有の興趣を論じるときに重要になると考え、その差異について触れる。

無常（感）はもともと仏教的用語で、この世界の一切のものが絶えず移り変わっているという感覚・感情である。かつ、自然を観照する基本的な態度の一つでもあり、日本人の美的価値観に深く根付いている感情といえる。俳句も当然その文化史的な心の流れの中にある。一方、虚無(感)は、すべての物事はむなしいと思う感覚・感情を指し、心の支えが喪失した感じを表す。どちらかというと日本人にはニヒルという言葉で通俗的に使われているように近世以降に伝わったニヒリズムと融合した概念になっている。ニヒルは一種の雰囲気的感情、ユング的意味でのペルソナとして存在している興趣とも言える。

これら二つの概念は、観を付して、一種の世界観としての意味合いを有する。それぞれ発生の史的状況が異なり、異なる視点から人間の存在や世界を捉える。無常観は物事の移ろいやすさや変化を受け入れることを強調した時間的性格が強く、虚無観は存在の空虚さや「意味」の欠如を重視する空間的性格が強い。しかし、これら二つの概念は互いに関連しており、一方が他方を引き立てることもある。端的には、無常観から生じる人生や世界の変わりゆく様子を見つめることで、虚無観や存在の空虚さを深く認識することがある。そのため上述したようにしばしば同じような情感として、捉えられる。

○「はかなし」と無常感の結合

唐木順三の著書『日本人の心の歴史』(＊29前出)は日本の精神史の名著である。日本人のこころに季節感がいかに重要であるかという所から説き起こしており、時代を経て豊かになっていく種々の情趣を見事に体系づけている。『日本人の心の歴史』とは別に彼の『無常』（＊40）も名著である。この著書は無常感の変遷過程を初めてみごとに体系化したと評価されている。無常感の流れの源泉を「はかなし」という中世の王朝的情において、「はかなし」が「無常」へ移行したことが詳細に述べられる。王朝的「はかなし」の美が仏教的「無常」と結びついたことは当たり前のようだが、意義は大きい。単に心理的・感覚的な情趣が大乗仏教という形而上学に結びついたのは日本の精神史上に非常に大きな出来事だったと理解される。端的に言えば「無常」が美の対象となったのであり、無常感が興趣になったとも言える。

情緒に思想的骨格が備わったとき、それは一過性ファッション的なものを脱皮し、普遍性を得て、様相を変化させながらも時代を長く生き続けるのではないか。具体的には無常が以後の時代の変遷の中で特に俳句の領域を通して様相を変化させ、かつ、するかを見ていきたい。いいかえれば、通奏低音的興趣となった「無常」は時代状況文化的背景に応じてその姿を変化させていく。ここで「通奏低音的興趣」と呼んだが、民族的興趣には正確に名称を付けるのは困難であろう。例えばポルトガルのサウダーデは日本では「郷愁」と訳されるが、実際には「サウダーデ」と呼ぶこと以外にはできない一種の「興趣」である。「無常」も時代により多くの意味合いと様相を呈する。「はかなし」は伝統的「無常」となり、やがて現代は「明るい虚無」とでも呼ぶべき性格を帯びることを後述することになる。

○無常観と時代背景

形而上学的領域の問題は措くとして、実社会に戻れば、無常は「嗚呼」無常的詠嘆として、中世から現代に至るまで庶民の日常感覚の中に言葉として生き続けている。しかも時代によって様相は変化する。たいていは負の感情を表する詠嘆であるが、その負のイメージが、日常化されることによってもたらされた変化は興味深い。

無常の作家として元祖のようにいわれる鴨長明の時代からしてすでに無常感の大衆化は始まり、様相も変化し始めている。長明は、逆境でもそれをものともしない精神力の持ち主であり、庶民的な野次馬根性の強い地下貴族の文化人である。『方丈記』（＊41）で述べているように無常感を「諦め」ではなく、「いずれ変わってしまうのだから、今このときを精一杯生きよう」という前向きな意味として捉えることが可能である。この明るい無常感、実は上は上皇から下は庶民に至るまで持ち合わせている。つまり人間の適応力の強さがこの時代（中世）には示される。長明は世捨て人のように思われている節もあるが、実際には彼の人生はいわゆる隠遁の生活ではない。

同様に、吉田兼好は『徒然草』（＊42）で「すべてのものは変わっていくことが運命付けられているのだから、先のことを嘆くのではなく、今を大切にするべきだ」という考え方を述べており、すでにこの時代から無常にはそれを楽しむ、あるいは前向きに捉える視座が芽生えていたといえる。

○俳句における無常感の姿

俳句の興趣としての無常感を確立し、かつ無常観として哲学的に導入したのは芭蕉である。このことは前述したので多くは繰り返さないが、彼の作品の基底は無常観に裏付けられた美的興趣としての無常感である。芭蕉は歌枕を旅してまわる。その場所を訪れる後世の者は、先人がそこで得た無常感を興趣の対象として楽しんでいるといえる。それを伝統的「無常感」と呼ぶとすると、〈夏草や兵どもが夢の跡〉は、伝統的「無常感」を巧みに表現することによって、興趣として追体験することを楽しんでいるといえる。

伝統的無常感は現代にいたっても、詩歌においては主要な興趣である。現代の俳人でも伝統的な「無常」をテーマにした作品は枚挙にいとまがない。それだけ現代でも人の心を惹きつける可能性はあるといえる。

○芭蕉の無常観の二つの源泉

芭蕉の無常感の根底に在る無常観には中世仏教的無常観が色濃くしみこんでいる。したがって、よく言われるように、芭蕉の無常観を「不易流行」の思想を核とする宋学的流行の観点からだけで論じるのは全貌を欠く（＊43）。芭蕉の俳句の「物我一致」という理念は禅の体験からきている。物（対象、客観）と自己が一つであるという自覚があると、すべて（他人も物も）が自己と一体、すべてが自己の心であるとの自覚が生じて、その時に物の本質を理解すると説かれる思想である。いわゆる俳句でもよく使われる観照という言葉はモノの本質を考察することを表す言葉であるが、観照に因って目指すのはこの禅的境地・精神的状態であるともいえる。この芭蕉の考えが後の時代に俳句の理念を形而上学的な道の世界に追いやったともいえるし、俳句の理念の領域を広げたと言うこともできる。芭蕉の無常はもともと形而上学的匂いが強く、それゆえ無常感を美的領域の楽しみとして知的に楽しみやすいのである。

しかし芭蕉の刮目すべきことは、そのような無常観にとどまることをせずに、無常の世俗的様相である無常感にあそぶことを俳句の世界に位置付けたことだろう。よく言われる軽みという興趣がそれである。実はこの物我一如的な観照の態度が子規や特に虚子によって近代以降の俳句が発展する際の駆動力になったのである。

○無常の様相と無常感の変容

無常観は、世界が絶えず変化し、全ての物は永遠には存在しないという思想で、類似の思想は世界の多くの文化圏で共通に見受けられる。特に日本における「無常」は日本人の情趣の基本的なキーワードになった。世界観として見た場合の無常観は古今東西で異なる源泉を有し、いまだに変化しているものと認識しておく必要がある。特に現代においては、俳句という文芸の世界的な影響力の進展を考えると、日本の「無常」（及び「明るい虚無」）の現状の様相を見定めておく必要がある。そのことに若干触れておきたい。

西洋では古代ギリシアの哲学者ヘラクレイトスの「万物は流転する」という無常に関する哲学的な考察が知られている（＊44）。しかし世界観ともいえる無常観はともかく、美的情趣としての無常感は日本のそれほど深く根付いてはいないのかもしれぬ。イデア的もしくは、不易的な観念が西洋では強いためだろうか。

ヘラクレイトスの、「万物は流転する」という考えには芭蕉の宋学における「不易流行」に通じるところがあり、今後海外の俳句との交流の中から面白いテーマを与えることになるのではないか。

中世ヨーロッパでは、「人生のはかなさ」は葬祭用の美術工芸品や彫刻によく見られるテーマである。このごろアニメなどでよく見かける「メメント・モリ」という言葉はラテン語で、「自分がいつか必ず死ぬことを忘れるな」「人に訪れる死を忘ることなかれ」という意味の言葉である。古代ローマ帝国で凱旋パレードを行う際、将軍の同行者に「メメント・モリ」と言わせて「明日の勝利は分からない」ということに思いを遣ったというから面白い。だがその言葉も意味がその後少し変容する。つまりキリスト教世界では、天国、地獄、魂の救済が重要視されることにより、死が意識の前面に出てくる。キリスト教的な芸術作品において「メメント・モリ」は、ほとんどこの文脈で使用されることになる。これらの変容も含めてまさに日本の無常感に近い感覚を西洋人も抱いていたのである。日本の死には季節のうつろいという美的要素が色濃く存在していたとはいえ、これらの概念は、人間が死という避けられない現実を直視し、その上でどのように生きるべきかを問いかけることになる。

再度触れることになるが、日本の無常感では長明の「方丈記」における無常感と吉田兼好の『徒然草』における無常感の差異がよく論じられており、日本の無常感の様相の豊かさを示している例と思ってよい。方丈記は「ゆく河の流れは絶えずして、しかももとの水にあらず。よどみに浮ぶうたかたは、かつ消えかつ結びて、久しくとゞまりたるためしなし」という有名な冒頭部分では、絶えず流れる川の流れとその水に浮かぶ泡の生成消滅で伝統的無常感を古典的色彩でたくみに象徴させている。『徒然草』も無常感を語っているが、『方丈記』のような感傷的詠嘆を克服している記述がみられる。例えば一三七段の「花は盛りに、月は隈なきをのみ、見るものかは」という言葉は、無常の現実をあるがままに受け入れそれを楽しむという無常感の変化した様相を示している。つまり、生命のサイクル―生まれ出ずる生、生命の謳歌、そして生の凋落―を桜に重ね合わせる伝統的無常感にとどまらず、「月は隈なきをのみ、見るものかは」という言葉は、「人間の心の曇り」まで容認するという意味を述べたことと解釈できる。生の実相を肯定していることになる。つまり、完全な美しさだけでなく、その美しさが変化し、時には消え去ることもまた美しいという考え方である。無常感の変容といえよう。

○現代俳句の世界における伝統的無常感のあらわれた句話を俳句の無常にもどす。

近現代の俳句で無常観を基調とした俳句は、どのようなものになるだろうか。無論伝統的無常感にもとづく俳句は多くあふれていると思うが、正直、陳腐な句という誹りをまぬがれる句はほとんどない。逆に日常化してしまった無常感のために作者も読者も強く無常観を認識していないのかもしれない。

夏草の雨にけぶれる平泉　黛　まどか
芙美子忌の踏んで消したる煙草の火　同

黛まどか氏の句集『てっぺんの星』に収録されている〈夏草の〉は典型的に伝統的無常感を下敷きにした句である。同じ句集にある〈芙美子忌の〉という句を採り上げて無常感を興趣とする句であると主張したら訝る読者もでるかもしれない。そもそも忌日を句材とする句は死を悼む心から生じた句であるが故、無常感を興趣とすると主張しても良いのではないか。もともと俳句の興趣というのは多かれ少なかれ無常感を基本的な情緒としていると言えないこともないのだから。ただ伝統的無常感を前面に押し出した俳句は陳腐化しやすい。

幾千代も散るは美し明日は三越　攝津幸彦

この句は1996年に49歳で夭折した攝津幸彦のよく知られた句である。無常を基本としながら陳腐化を防ぐには興趣のみならず音律が大きな要素となる。その点、攝津は意識的に俳句を意味の中だけで完結させなかった。俳句の音律と意味を離れて自立した言葉同士が出会い共鳴して生まれる新しい叙情性を追求した俳人である。この句では、「幾千代も散るは美し」という古典的な表現と、「明日は三越」という現代的な表現が出会った効果が新鮮である。それと同時に「幾千代も散るは美し」という表現は、桜の花びらが舞い散るという無常感の定番であるが大仰さにおいて新鮮であるし、かつまた「今日は帝劇、明日は三越」という戦前のキャッチコピーともいえる流行り言葉を使用することで、レトロ趣味的興趣と俳味までも醸し出している。ただこのキャッチコピーも蜀山人の【永代とかけたる橋は落ちにけりきょうは祭礼あすは葬礼】を下敷きとしている。

現代では無常感は日常の中に埋没していて直接的に表象しにくい。つまり無常感をレトロ的に味わい楽しむか、死や災害と面と向かい合わないかぎりリアルには感じられない。中世に比して「機会」も減少しているはずである。

§4　時代の興趣としての「明るい虚無」

○虚無感の再登場

ここからは「虚無」にもとづく興趣をかたろう。

虚無の源泉の正確な指摘は困難だ。鎌倉期の禅宗の一派の普化宗の伝来に起源を求める学者もいるが、現代的な意味での虚無観は西洋伝来のニヒリズムの影響が強い。いずれにしても日本の精神史的には重要な役割を今もって果たしていることは論を俟たないであろう。

我々現代人が感じる「虚無感」は平たく言えば「すべての物事はむなしいと思う感覚・感情」であり、心の支えを喪失したような感覚と考えてよいだろう。虚無感は幅が広く、また近代思想として、学問的によく分析されていてニーチェによる分類（人間の精神的対応の3分類）がなされているし、哲学者ドナルド・A・クロスビーのニヒリズム5類型分類などが知られている。その5分類とは〈政治的ニヒリズム‐自由を束縛する、あらゆる権力に暴力で反抗するニヒリズム〉〈道徳的ニヒリズム‐自己と他者の関係を規定し、社会秩序の基礎とする行動規範としての道徳を否定するニヒリズム〉〈認識論的ニヒリズム‐理性の認識能力はごく限定的であり、真理や現実は一定の立場や色眼鏡抜きに掴む事は不可能であるという主張〉〈宇宙論的ニヒリズム‐宇宙に意味は無く、人間に宇宙の本質を掴む事は出来ない。人間が見いだした宇宙の価値と無関係に宇宙は存在するという主張〉〈実存的ニヒリズム‐人間存在は無意味であり不条理である。例え何かの意味を見付けたとしても、最終的には死が待っている、という考え方〉である。近代後期は実存的ニヒリズムが意識されたが（すでに近代から日本は徐々に文化思潮的潮流は世界のそれの一部を成すようになっている）、これからは特に宇宙論的ニヒリズムが影響を与えると考えるべきであろう。人間の存在、地球の存在の宇宙的モデルを知ることによって生まれる虚無感と理解してよい。その虚無感は、芸術や文学においても重要なテーマとなり、それに言及する理由は、それらは私たちが自己や他者、社会、自然といったものとどのように関わっていくべきかを問い続けるきっかけとなるからであることは論を俟たない。

○俳句における虚無感にもとづく興趣

俳句の特徴とする情趣は自然との関わり合いに関することが主体であり、その意味では宇宙的ニヒリズムと最初から深く関わっているといえる。

俳句は、日々目にする情景や、四季折々の自然やいろいろな人間模様から湧き上がってきた興趣を背後に秘めながらも景として、五七五の17音で表す、それが基本概念である。そして自然を対象としたとき、そこに無常感がすべりこむ素地ができたことは歴史が示すところである。上述してきたように無常感と虚無感はその源泉が異なっているにもかかわらず、たがいに類似な感覚ともいえる。おなじように俳句に虚無感が滑り込んでもおかしくはない。

もう一点、俳句を俳句たらしめている本質的な要素として、俳句作品の享受者としての読者の役割が他のジャンルの芸術と比較して圧倒的に高いことである。「座の文芸」という言葉がそのことを象徴している。一方で、虚無感とは、「心にぽっかりと穴が開いたようなむなしさや、何をやっても無意味だと感じるうつろな感覚」のことで非常に個人的孤立感である。この虚無感と俳句の特性との関連性（相性等）については、従来からそれほど深く掘り下げられていない。しかし、一般的に言えば、詩や芸術はしばしば人間の深層心理を表現する手段とされており、その中には虚無感や孤独感などのネガティブな感情も含まれるのが当然である。虚無感を表現するための一つの手段として俳句が用いられる可能性は過去においても存在したはずであるが、無常感は別とすると、あまり中心的興趣として位置付けられてこなかった。今後は、未来の主要な興趣になる可能性が大きいと推測している。その意味で虚無という興趣は今まで扱われていたにもかかわらず重要な興趣として位置付けられていなかったことがある。

○高浜虚子の「明るい虚無感」

俳句の世界では他のジャンルに比して虚無感をテーマとする作品は多いとは言えない。その中では高浜虚子の虚無感はしばしば話題に取り上げられ、比較的よく研究されているといえよう。例えば、岸本尚毅『高浜虚子　俳句の力』（＊45）がある。彼は「虚無を飼いならした男」を第1章に置き虚子の作品を読み解く。冒頭に掲げたのは次の句である。

大　寒　の　埃　の　如　く　人　死　ぬ　る　　高浜虚子

岸本氏は虚子の人生観には虚無の色が濃いという。この句などはその通りで、微小な埃が室内の暖気の対流を受けて舞い、墜ち、やがて畳の目などで動かなくなる様子を、「人死ぬる」と直喩して人間の一生を象徴する。人間の存在の儚さと無常を強く感じさせる。ついで虚子の若い日の作句を挙げている。

遠山に日の当りたる枯野かな　高浜虚子

この句は虚子が26歳、若い頃の作品である。虚子が84歳になった時、この句にもある枯野の風景に救いを見出したという。岸本氏は「この句のよさを説き明かすことは至難である」と述べた山本健吉の評を引用しながら、若き日の虚子の句が最晩年の虚子の心に安らぎを与えたことを驚いて見せて、「ホスピスに持っていきたい句」と評する。

この句は虚無感という観点から見るとむしろ、明るい未来への希望と滅びゆくモノとの対比の中で亡び行く側に自分が立っていることによる虚無的響きを感じるということであろうか。ここで注目したいことは、無常感がそうであったように虚無感も多くの様相を示し変容することである。岸本氏が虚子の句をホスピスに持っていきたいと述べるのは虚子の作品が、虚無感と呼ぶ種類のモノであっても、それがあるがままの現状を受け入れ、安らかな癒しを与える性質のものである所以である。その意味では虚子の虚無感は前向きな無常感を「明るい無常」感と称したように「明るい虚無」感と称するべきものであろう。

○現代の俳人の虚無感

現代の俳人は興趣として虚無感をどのように表出しているか見てみよう。堀本吟氏と神野紗希氏の句を例に挙げる。

右手に虚無左手に傷痕花ミモザ　山本　掌

興趣が虚無感であることが明示された句である。この句では、「右手に虚無」と「左手に傷痕」という二つの言葉はイメージとリアルという性格を有し対比されている。（虚無という言葉はイメージを結びにくいのが難点であるが、それはそれとして）それぞれが作者の内面的な状態を象徴している。右手に抱えた「虚無」は、何か象徴するモノであってほしい。西洋絵画なら伝統的には髑髏を描いたりするのであるが、存在の意味や目的を問う哲学的な感覚に違いない。一方、「左手の傷痕」は、過去の経験や苦しみが現在まで影響を及ぼしていることを表象しているのだろう。そして、これらの重厚な感覚の言葉と対比するように、「花ミモザ」が配置される。美しい花という自然のイメージは、人間の感情や経験とは別の世界を示し、その静寂さと無関心さが虚無感を一層強調している。この句のように言葉の選択と配置によって、深い虚無感と孤独感を巧みに表現することが可能ではある。

ひきだしに海を映さぬサングラス　神野紗希

興趣である虚無感が暗示された句である。〈ひきだしに海を映さぬサングラス〉という具体的なイメージを通じて、抽象的な感情や状況が表現されている。サングラスは通常、明るい光を遮るために使用され、海や夏の日差しといった明るいシーンを連想させる。しかし、この句のサングラスが引き出しの中にあり、海を映していない。本来ならあるべき活気に満ちたシーンが、何らかの理由で存在しないのである。ひきだしに入ることをサングラスは欲していないのかもしれない。しかし、そこに納められるべき運命を有してサングラスはそこに収められたのである。この「引き出し」という閉じられた空間は作者自身の内面である。その中のサングラスや「存在しない海」は虚無感を象徴していると解釈することもできる。つまり、本来ならば存在するはずのものが存在しないという状況が、虚無感や孤独感を引き立てるのである。そういうイメージが読者に喚起されたならば、この句はたちまち虚無感を巧みに表現したとして読者に深い共感や共鳴を呼び起こすことになる。現代の虚無感は何気ない日常性に潜み、何気なく読者の周波数と共振を起こすのである。神野紗希さんの独特の感性と言葉遣いが、この句を通じて鮮やかに読者の言語空間で共振を起こしている。実は虚無をテーマとした俳句と分類するのは難問である。いわば自然を対象とした興趣は本源的に「儚さ」→「無常」→「明るい無常」→「虚無」→「明るい虚無」という流れの中にあるから、すべての俳句には煎じ詰めれば多かれ少なかれ虚無の匂いがする。ただ現在は正面切って「虚無」という興趣を標榜する俳句が少ないのである。

○明るい虚無感への期待

仏教の世界ではしばしば明るい無常観という言葉を見かけることがある。例えば【東日本大震災のとき、津波によって破壊された町の様子を目の当たりにして、多くの人が無常を痛感したことと思う。しかし、無常だからこそ町は再び復興するのだと、そのように考え希望を掲げる人もいた。その無常観はある雑誌で「明るい無常観」と賞賛された。】とWEB上の「禅の視点」というページ(https://www.zen-essay.com/entry/sikisokuzeku)で見かけたことがある。「明るい無常」の思想史的典拠は不明だがそれでも良い。「明るい無常」は、一見否定的な「無常」を肯定的な視点から捉えることができ人間の意志と希望の力の偉大さを感じさせてくれる。つまり、「すべてのものが変化する」という無常の事実を、「新たな可能性」という明るい視点として受け入れるための契機の言葉となる。

同様に虚無感に関しても「明るい虚無」という言葉が存在した方が良い。一般的に「明るい」はポジティブな意味合いを持つため、「明るい虚無感」は虚無感を前向きに捉え、それを通じて新たな価値や意義を見つけ出すという意味合いで使われよう。前述したが、無常という言葉は仏教哲学的な「無常観」という概念や前述した言葉「伝統的無常感」が強く付きまとっている。無常観と虚無観は概括的には前者が時間を軸とした有限的存在を考え、後者は空間を軸とした孤立的存在を考える世界観であるが、究極には両者は同じ問題を考えることになるのだろう。現代から未来へかけての人間の精神的問題（文学的問題でもあるわけだが）の状況はこの宇宙での孤独な存在をどのように捉えていくかの方により注意を向けるべきという気がする。そこに「明るい無常」に加えて「明るい虚無」という言葉の存在意義がある。明るい虚無という概念があれば、そして佳き作品が生まれることが理解できれば、意識的に新しい興趣の句は広がる。

○結論としての明るい虚無

俳句における「明るい虚無」の下地となる思想は、すでに近代が行き詰まったころから、詩的表現の趣・興趣として静かに浸透している。そこで明確に「明るい虚無」と名付けることで可能性を広げることができる。「明るい虚無」の視点から見れば、時空の差異は存在するが、無常も虚無も時代が生む不安感としては同じである。

伝統的な俳句は自然や季節の美しさを描写するが、それらの美しさもまた一時的で無常なものであり、その無常観こそが真実の美しさを引き立てる。この視点から見ると、俳句は人間の存在と自然界との関係性をより深く探求する手段となる。虚無観にも同様なことがいえる。したがって、「明るい虚無」の視点は、存在や意味の欠如を前提とすることで、作家は新たな表現や視点を探求する余地を得、自身の創造性に新たな刺激を与えよう。俳句は単なる自然描写から一歩進んで、現代の人間存在の根源的な問いへと深化の度合いを進めよう。すでに前述した数句は内容としてすでに「明るい虚無」の句であり、そう位置付けることによって今後意識的にその興趣の句が増大することを期待したい。

○補足：ＡＩが予想した興趣との奇妙ならざる一致
雑誌「俳句界」に特集「ＡＩ俳句のいま」が組まれている（＊46）。そこにＡＩ研究者大塚凱氏の【人工知能の俳句に美があるとしたら、それは俳句形式の骨格だけが剝き出しになってしまった文字列としてなのではないか。プロンプトエンジニアリングの極北としての虚の美しさである】という叙述がある。私はこれを重く受け止める。人工知能が虚という美を生み出す可能性と、生身の人間が考えている未来の興趣とが一致したことは一見奇妙なことである。だが筆者は、必然だと考えている。その必然性は俳句の文体的構造とモノコトの本質を目指し自然を観照するという俳句の理念から生じたと理解できる、そのように予想しているので、面白い宿題ができたなと考えている。

◎まとめ：近代以降の明るい虚無という興趣
「老い」がそうであるように近代以降の虚無感は人間が必然的につきあうべき感覚となった。むしろ人間はそれを前向きに興趣として受け止めようとしている。「明るい虚無」は新しい時代の興趣である。

☆主な引用・参考文献
＊36　シモーヌ・ド・ボーヴォワール　朝吹三吉 訳『老い』２０１３年（新装版）人文書院

＊37　加藤哲也『概説今井杏太郎』２０２１年、実業広報社
＊38　松尾芭蕉　萩原恭男 校注『芭蕉書簡集』１９７９年、岩波文庫
＊39　松尾芭蕉　中村俊定 校注『芭蕉紀行文集』１９６６年、岩波文庫
＊40　唐木順三『無常』１９６５年、筑摩書房
＊41　鴨　長明　市古貞次 校注『方丈記』１９８９年、岩波文庫
＊42　吉田兼好　西尾　実・安良岡康作 校注『新訂 徒然草』１９８５年、岩波文庫
＊43　尾形　仂『芭蕉の世界』１９８８年、講談社学術文庫
＊44　波多野精一『西洋哲学史要』１９６１年、角川文庫
＊45　岸本尚毅『高浜虚子　俳句の力』２０１０年、三省堂
＊46　大塚　凱「ＡＩ一茶くんテーマ別作品集」（「俳句界」２０２３年10月号特集「ＡＩ俳句のいま」に収録）

第4部　メタリアルな世界に視座を：未来への興趣 II

§1 「あわい」というメタな世界

○「あわい」という時空

天地の間にほろと時雨かな　高浜虚子
天と地の間に丸し帚草　波多野爽波

間（あわい、あはひ）の存在を意識した句を示した。天と地の間にあるどちらにも属していない空間、そこが「あわい」である。「あわい」という発想がなければ、これらの句の趣は、ただの地上にほろと落ち来る時雨であり、地に丸く生えている箒草である。「あわい」を入れたことで読者の心は時雨の小さな水滴になって「空間」を漂い、幻想的な箒草の群生した「空間」を彷徨う。読者は「あわい」の存在を意識することで天でもない地でもない空間の不思議な浮揚感に包まれることが、しばし可能になるのである。

「あわい」は空間的な概念にとどまらず、観念の世界でもある。天は「あめ」であり、此の世である地上と隔たり存在する異界をも意味する。「あわい」という言葉では此の世と異界と双方ともが強く意識される。また「あわい」は「魂と肉体」「聖と俗」「命とモノ」「客観と主観」「実と虚」等々様々な人間の思考が生み出した二極の概念を対立させた二項対立的観念の世界の間にも存在する。人間は対立を超越した「あわい」の世界に視座を置くことによって、あるいは「あわい」の世界と往来することによって、両極の世界では得られない高みからの視座を得ることも出来うる。

現今、日本文化の根源や未来を語るのに「あわい」の視座への注目度が増している。能楽師安田登氏は、文字通り「あわい」という言葉を用い、その世界の意義、重要性を『あわいの力』（＊47）で説いた。登氏は能楽の役者「ワキ」である。氏によれば「ワキ」とは「あっちの世界」と人間を結ぶ「あわい」の存在なのである。氏は「あわい」とは媒介だと主張する。著書『あわいの力』は「日本人の精神論」にも及び刺激的である。

「あわい」の視座が登場したのは現代になってからではない。日本文化の底流に見え隠れしながら潜んでいたといえる。例えば、近松門左衛門の「虚実皮膜」（＊48）という思想もいわば膜という「あわい」の世界の有意性を論じたとみることもできる。「あわい」の視座がどのような時代に登場するかを考察することも日本の文化史で興味ある課題の一つであろう。

ただ「あわい」の世界というと、やはり「虚と実」などの特定の二項対立の価値に捉われやすいのではないか。むしろ筆者はメタという言葉を使う方が多くの対立概念（例えば「主観と客観」、「聖と俗」、「雅と俗」、「叙情と叙事」等々）をその視野内に捉えうるし、「メタリアリティ」という概念へ発展的に使用できると考える。以降、「あわいの世界」と「メタな世界」を本論では、ほぼ同義に用いる。

○メタな世界とは

第2部で触れたが、メタという言葉が一般的に知られるようになったのは、インターネット上の共通の仮想空間に多くの人が入り一種の社会を作る「メタバース」という言葉が流布してからだろう。よくメタバースな社会の例として説明に使われるのは「あつもり（『あつまれどうぶつの森』）」というコンピューターゲームだ。その現実（リアル）には存在しない虚構（イメージ）の島で人々は自分の分身（アバター）にスローライフを過ごさせて、自身も楽しむ。だから正確には「あつもり」自体の世界はメタではなく虚の空間であるが、仮想現実という意味でメタバースと呼ばれる。

メタという言葉は、本来は超越しているとか、ある視点の外側に立ってという意味の接頭辞である。実と虚の世界を俯瞰し、その両方の世界を自由に往来できてこそメタの名にふさわしい。メタの名を冠したキーワードはいろいろな学問領域に少なからずあるが、筆者は時代精神を論じた社会学者見田宗介の「メタ合理性」の考え方に大きな刺激を受けた。見田が著書『現代社会はどこに向かうか』（＊27前出）において合理性と非合理性の間を自在に往還する精神を〈メタ合理性〉と名付けた。二極を自在に往還するという意味で「あわい」もメタの視座と考えうる。氏は社会の未来を考えるためにはメタ合理性によって「高原の見晴らしを切り開く」必要性があると主張したのである。見田が「魔術の再生、近代合理主義の外部へ」をキャッチフレーズとしているのもその故である。見田の視座からは、近代を超克するにあたって、合理性から非合理性へ、という仕方で前近代に戻るのではなく、合理性の限界を知り、二項対立的価値観の間を「調整」するというメタ合理性を提唱しているのである。

多くの俳句の理念・視座をめぐる対立的な考え方もメタ的な視座で超克していくことが前向きな考え方だ。

§2 「メタリアル」な視座あれこれ

○「メタリアル」な俳句

俳句の世界において理念を語るだけでは、ほとんど空論に等しい。実際の作品の提示が必要である。俳句という言語による表出が持つべき重要な機能はイメージ喚起力である。理念を実体化するためには、イメージとして結ぶことが可能なモノコトを俳句に文字として表出することが必要である。例えば、『三冊子』（＊34前出）等に示される「物我一如」や「風雅の誠」の類の高邁な理念（＊43前出）に結局不足していたのは、これが「物我一如」の句であるということを誰にも理解できるイメージとして表出しなかったからではなかろうか。メタリアルな視座を論じる場合も同じことが必要である。

メタリアルな世界の視座が俳句の世界で存在価値を示すのは、従来の俳句の考え方からは得られなかった、あるいは無視されていた景に根拠を与え、読者にその景の「良さ」をイメージとして喚起させることである。そのことで、俳句が従来持っていた情趣の領域を広げれば、その理念の価値が生まれる。イメージの喚起力はその表出作品のリアリティにあると言って良い。メタな世界でのイメージ喚起力等を含め「メタリアル」という言葉を用いる。

ではメタリアルな「あわい」の世界ならではのイメージとはどのようなものであろうか。今まで俳句が立ち入らなかった領域、タブーとしていたルールに立ち入ってみて、「あわい」の世界の高みからもう一度、世界を捉えなおしてみた、そういうイメージを読者に喚起させる俳句がメタリアルな俳句である。

二項対立的に扱われていた概念の多くには句作上の禁忌が存在している。例えば、「実と虚」という問題は俳句の実作者にとって重要である。写生を重視する人にとっては実際に五感で経験しない景を詠うことは禁忌である。叙情を重視する人にとっては、一読して叙情を感じない句を

「ただごと」として排斥しやすい。しかし、実物の写生という枠を取り払って、反対に空想の世界だけを詠えということではない。俳句の俳句たる所以は「読者のイメージ喚起を重視すること」にあるとすれば、その時代における実虚を超えたリアリティのある景を表出するのが「あわい」の世界、メタリアルな視座といえよう。

それがいかなる作品であるかを示すには、これが「あわい」の世界、メタリアルな作品ではなかろうかという句を一句ずつ積み上げていくことである。その積み重ねが次第に「あわい」の世界、メタリアルな世界を輪郭づけていくと思う。

○メタリアルな視座1：同化

同化は重要な「あわい」の世界のキーワードであり、メタリアルな視座を必要とする。同化は擬人法ではない。擬人法とはモノコトを人間に擬して案じる。すなわち人間の側へモノコトを引き寄せる、いわば人間中心主義的な考え方である。それとは逆に人間がモノコトへ歩み寄る、人間がモノコトになりきって案じるのが同化である。人間という命の存在が他の生物や物質と同じ存在だと理解したとき生じる周囲との一体感、それが同化である。科学の進歩は人間の視点ではなく鳥や虫の世界での景をリアルに実現させることを可能にした。場合によっては時間すら伸縮した景を見せることができる。同化の視座は現代ではリアルに限りなく近いメタリアルな視座である。

まさか蛙になるとは尻尾なくなるとは　池田澄子

この句は、蝌蚪が詠じている。自分が蛙になるなどとは夢にも思っていなかったのだ。かわいらしかった尻尾がなくなったので大人になるうれしさもあるが、ちょっぴり「まさか」である。飼っている蝌蚪を眺めた単なる観察の句ならば「まさか」は言えない。

山椒魚ついつい山椒魚を産み　澄子

山椒魚から我々が受け取るもろもろのメタファーを想像する。「ついつい」という口語感覚の言葉で俄然この句は俳味を増した。この句は、まずは読者自身も山椒魚に同化して読まねばならないのだ。

○メタリアルな視座2：命と転生

「あわい」の世界ではすべての命の存在は等価であるが、己の命がその中に埋没してしまうわけではない。両者を止揚したがごときメタな視座に身をおくことだ。西田哲学の徒なら「絶対矛盾的自己同一」と呼ぶような視座であるが、「あわい」の世界ではそのような理念すら意識する必要はない。

じゃんけんで負けて蛍に生まれたの　澄子

阿部完市の句に出会って、俳句を始めたという池田澄子氏であるが、完市のように、意味性以前の言葉の原初の世界に及ぶ難解な句とは違い、一見分かりやすい句である。死後生まれ変わって他の動物になるという輪廻転生の思想は仏教徒ならずとも自然に心に浮かぶらしい。ピタゴラスの生まれ変わりの逸話やユダヤ教の神秘主義カバラの思想等々他の民族にも見受ける思想なので、たぶん原初的感覚なのだろう。澄子氏は原初的感覚という意味で完市を引き継いだのであろう。命の原初を感じる現代人にとっては、進化論や物質の循環ということを認識しはじめると、命の転生は全くの空想の産物ではなくなってくる。

花咲けば命一つといふことを　大峯あきら

この句の「命」こそ「あわい」の世界の「命」であろう。仏教哲学者大峯あきらはこの句の「命一つ」の意味を【人生は一度きりだから愛惜しようという意味ではない。どんなに多くの個体の命があっても、命は個体の枠をあふれ出て唯一つ。その大きな宇宙的生命が、私を私にすると同時に、花を花にしている】（＊49）と自解している。宇宙的生命という発想自体が、個々の生命体の命とかけがえのない自分自身との間に存在する溝を高みから止揚する「あわい」の世界の視座なのである。大峯顯著の『花月のコスモロジー』は宇宙的「あわい」の世界への示唆に満ち溢れている。

○メタリアルな視座3：虚の視点

眼下に鷹鷹に眼下の日本海　　小宅容義

この句の景では一番下に海、中間に鷹が飛翔している、そしてその上にいるのは観察者の眼である。観察者は飛行機の窓から覗く作者自身かも知れぬ。しかし読者は、その眼を有するのは、二輪馬車を走らせているアポロンか、宇宙の創造主かも知れぬと、想像することが可能である。いずれも読者にとっては虚の視点であるがリアルな景でもある。

どんな読者も空飛ぶ観察者となって、この景をかなりリアルにイメージすることが可能だ。それは、そのような景を実際には映像として経験しているからである。ドローンから撮影した山頂の風景ほど見飽きないものはないだろう。この句も虚とも実ともいえない「あわい」の世界の視座ともいえる。

○メタリアルな視座4：宇宙的な視座

・地球を超えた宇宙の視点

おおかたの人が現代的「あわい」として納得するのは宇宙的視点であろう。自分自身の五感でとらえた実ではない、だが、完全な虚でもない。それを超えた存在の視点である。宇宙飛行士でなければ、いまだに自身の五感で直接には捉えられないが、宇宙が異界であった時代は過ぎた。

ここでやはり大峯あきらの〈虫の夜の〉と〈月はいま〉の句を宇宙的メタな視座の俳句として採りあげたい。

虫の夜の星空に浮く地球かな　大峯あきら

灯りもない、いや遠くに街灯がいくつか闇に包み消されるように点っているだけ、そんな野原に立っているようだ。虫の声に包まれていると次第に自分が別の世界に存在している錯覚に陥る。浮遊感の中で、いつしか意識は大きな宙の中に漂っている。そうか自分は地球という星と一体になって宙に漂っているのだ、と何かがささやきかける。作者の頭の中でもそのような宇宙的イメージが展開されていたに違いない。

四季を詠うと言うことは、我々の此の世における存在を命と時間との関連で確認することである。現代においては四季そのものの存在も太陽系という構造の中でこの地球の中の限られた地域に限定されることを、我々は認識している。さすれば現代の俳句においても四季を詠じるときにはそのことが反映されて当然である。【季節とはわれわれの外にある風物のことではなく、われわれ自身をも貫いている推移と循環のリズムのことである。世界の中の物は何ひとつこのリズムから自由になれない】、大峯あきらの季節観である。季節は単なる春夏秋冬の事を意味しているのではない、我々を含み森羅万象を統べるリズムのことを意味しているのである。

月はいま地球の裏か磯遊び　　あきら

磯遊びをする。今日は新月のはず、大潮で普段では海面下に見えない磯の様子が出現している。その時ふと、地球と周りを公転する月のモデルが頭をよぎったのであろう。この瞬間の月は地球の正反対、今立つ大地の真下にいるのだ、と思ったときの感動。これも現代の科学知識による実と虚を超えた世界のイメージである。

水の地球すこしはなれて春の月　　正木ゆう子

この句なども宇宙船から眺めた景で、実も虚も超えている。現代人はすでに実写かＣＧだかで、このような景を記憶の中に持っている。「あわいの世界」では地上の四季の感覚と地球外の世界を自由に行き来する。余談だが、「春の月」は日本では少し赤みがかった月を意味する、そのほんのりした赤さが興趣を誘う。空気中の水蒸気や塵埃のためである。

星月夜生れむといのちひしめけり　　ゆう子

生まれようとしているのは地上の何かの生物であるかもしれないし、宇宙のどこかで星雲を構成する粒子の「ガス」の中に星々が誕生しているのかもしれない。このごろの天文学の知識では星の誕生の時、すでに生命の誕生が約束されているメカニズムが解明されつつある。イメージするだけで目眩を感じてしまう。いずれも星月夜という季語が本来もつ情を超えている。虚実を超えた「あわい」の視座のイメージである。

○メタリアルな視座5：ただごと・ノンセンスの句

いわゆる「客観写生」の句は叙情を重んじる作家にとっては、あきたらないともいえる。それと同じ意味であきたらない句の範疇には、「瑣末・ただごと・無意味（ノンセンス）・ヌーボー・非情」等々の呼び方をされる従来の情を拒否するところから生まれる句が含まれている。

しかしそのように分類される句からも、読者によっては、リアルな景に秘められた興趣をかえってより強く読み取ることができる。その違いは個人の感情を絶対視する視座を有するか、人間の存在を相対化した世界から俯瞰することのできる視座を有するか、により生じる。モノコトに徹して、かつ従来の情に限定することを拒否するのは俳句におけるメタな視座である。メタな視座は従来の情趣の範疇を広げ、これらの句の景に秘められた情を探り直すことを可能にする。

どの辺りまで啓蟄か行ってみる　　青山　丈

啓蟄はいわずと知れた二十四節気の一つ。春になり地も暖まり虫が目を覚まして穴をはい出てくるころ、生命力の次第にみなぎってくる、そういう気を感じることが本意である。この句は、啓蟄に春の到来を探しに散歩しましたということだけ、いわば日常の瑣末なコトを述べただけであり、読者に自分の発見を伝えるわけでもない「ただごと」であり、無意味（ノンセンス）とさえいえる。しかも、俳句文体的に「切れ」もない、緩んだ句であるとして、否定されかねない。だが読者によってはこの句には格別な情が隠されている。一見緩んだような俳句文体だが、それがこの句に潜む日常生活の心の豊かさを読者に伝える。日常の時の流れをゆったりと楽しむ心が緩そうに見えても無駄のない文体で表出されている。何よりも啓蟄の使い方の面白さだ、「どの辺りまで啓蟄か」などとつぶやいた俳人がいたであろうか、まさに秘められた情である。

川を見るバナナの皮は手より落ち　高浜虚子

「ただごと」を通り越しヌーボーとしたなどと呼ばれる句の代表のような一句である。この句などは従来の情趣を拒否するところに成り立っている。ここには呆然として川を見る人の姿がリアルなイメージとして浮かんでくるが、やはり現実世界から少し離れた「あわいの世界」の雰囲気が漂っているメタな句である。

○メタリアルな視座6：非情の句

かつて、山本健吉が『現代俳句』（＊4前出）で高野素十の句〈夕ぐれの葛飾道の落穂かな〉に対して、「何でもない淡々たる表現であるが、棄てがたいのはなぜか」と疑問を呈し「にじみ出してくるような作者の詠歎の揺曳がある」と述べているのがその種の句の存在を説明している。「瑣末・ただごと・無意味（ノンセンス）・ヌーボー・非情」等の言葉を冠せられた句は、近来しだいに注目を得るようになり、時折、俳句雑誌などで採りあげられる。これらの句の情趣はひとまとめにいう適当な言葉はない。だが、共通しているのは従来の情趣が墨守してきた領域の地平を広げ豊かにしようということである。俳句の未来を考えるとその存在意義は大きい。もし包括して呼ぶなら、従来の情には非ず、という意味から「非情」の句と呼ぶことができよう。また、これらの「非情」の句の興趣は従来の興趣（情）を否定するモノではなく、それを超越したいわば「あわい」の世界に存在している視座から作られているのである。

○メタリアルな視座7：モノへの心の集中

瑣末主義とかトリヴィアリズムと呼ばれた範疇の句がある。もとは虚子の客観写生が自然の克明な観察にその真髄を求めたのに対して、水原秋櫻子等の「情」を重んじる立場の人々が、素十たちの句に対して冠した名である。特に素十の〈甘草の芽のとびとびのひとならび〉の句を揶揄して「草の芽俳句」という言葉があった。要は瑣末なことを対象とした興趣のない句という批判的言辞である。

山本健吉が『現代俳句』（同）で〈歩み来し人麦踏みをはじめけり　高野素十〉を評している言葉は興味深いので引用する。

……自然に接して内なる興趣をわかし、凝視のうちに印象がはっきりとした形となり句となるまでのゆったりとした成熟が、彼の作品にはうかがわれる。つまりそれはとろ火で充分煮詰められた俳句である。彼の心は眼に憑り移って、自然の一点を凝視する。人物をも自然と同じ機能で見る。この麦踏の句も凝視によって成った俳句である。凝視のうちにある一点へ心の焦点が集中するのである。あえて大自然への凝視とは言うまい。自然の限られた一点であり、時にそれはトリヴィアリズムに堕して「草の芽俳句」と言われるようにもなるのである。……

ここでは健吉はこの句をトリヴィアリズムの句とは言っていないが、その「危険性」を指摘していることになる。

健吉は、まずこの種の句は一点を凝視しているうちに「ゆったりとした成熟」によって作者の心の中に生まれることを述べている。また「一点への心の集中」、「モノへの心の集中」、「心は眼に憑り移って」などの言葉は「物我一如」という言葉を彷彿とさせる。「客観写生」がもともと「観照」という行為を前提として生まれた句作方法であるなら、それも当然のことと思う。健吉も客観写生という作句法が俳句という短詩型表出の根底にあることを認めているのだと思う。

ここで「ゆったりとした成熟」について考えたい。あくまで健吉の指摘は作者の心のあり方であるが、現実にこの種の俳句においては読者にも要求されている心のあり方ではないだろうか。むしろ、読者が成熟して来る情趣をくみ取ろうとするか、あるいはくみ取り得るかの問題ではないか。

繰り返すが俳句では、モノからじわりとにじみ出てくる興趣を発見し味わうのは、読者の側に半分は依存する現象である。むろん作者はどう表出してもいいと言うことではない、作者にとって必要なのはリアルなイメージを喚起する表出になっているかどうかであるが、興趣を感じるのは読者なのである。

さらに指摘したいのは「時にそれはトリヴィアリズム（瑣末主義）に堕して」という指摘である。「堕する」というからにはトリヴィアリズムは忌避すべき俳句のあり方と健吉は考えている。引用文中の「草の芽俳句」というのは俳句では衆知の言葉としても、健吉は『現代俳句』に「草の芽俳句」のいわれとなった、「甘草の句」を採りあげていないのである。そのことにも健吉の考えは現れている。

では「モノに心が集中した句」と「トリヴィアリズム」として忌避すべき句との区別はどこにあるのだろうか、ここでは残念ながら健吉は両者の相違を顕わには述べていない。また、現在でも一般的に解決が得られている問題でもなさそうだ。

前述したように、作者にとってはリアルなイメージを喚起する表出になっていることが俳句たる表出法であるとすると、トリヴィアリズムを一概に否定することはできないと考えるし、また読者の言語空間・詩嚢にかかわる問題だとも考えている。イメージを喚起する表出というのは、「瑣末」であるかどうかということではなく、まずはさっと読み飛ばしてしまうのではなく心に残る表現内容と様式なのである。

また上記引用における健吉の「人物をも自然と同じ機能で見る」という指摘はあきらかにメタな視座を意味している。

○メタリアルな視座８：異界

異界の存在の認識は時代によって進化する。近代合理主義は異界を封じ込め、ポストモダニズムは近代合理主義を否定するあまり、ややもすると中世的な魔界を復活させようとする。それが単純化した近現代の異界をめぐる思潮のスキームであった（＊50）。

一方現代物理の知識は人間の五感とは別に異界（異次元も異界である）の存在を捉え、種々の方法で理論的に語ることが可能になった。空間と時間の関係も我々の日常の五感とは異なっていることを知識では知っている。メタの世界である。

丑三つの厨のバナナ曲るなり　　坊城俊樹

やはり異界には魔が棲んでいると思うのが、人間だけが持つことのできる楽しみだ。丑三つというのは魔界と人間界の「あわい」の世界が解放される刻だ。厨あたりでも百鬼夜行の図が展開するに違いない。そういえば「お鉢の精」の後ろからついて来る物の怪は鼻がバナナのように曲がっていた。作者はこの句は暑い夜の趣をそのまま表出したというかも知れない。だが、読者は異界の存在に結びついていると思う人もいるはずだ。その意味でもメタな異界の句である。

蝶々のきらりと消えた時の穴　西池冬扇

「時間の穴」という言葉であればスケジュールに穴が開いた時間というニュアンスであるが、「時の穴」という概念はあまり聞かない。現代物理では我々の世界と併存して異次元の世界の存在を予言する。であれば突如何らかの原因で、一瞬、時空に穴が開いて、そこへ、きらりと光を残して蝶が消えたのだ。「あわい」の空間へ。蒼くかつ高く深い空を翔ぶ蝶が突如キラリとして見えなくなった時にそのように思わざるを得ないことがある。位相幾何学の空間ではワームホールというのがある、多くのファンタジーでも穴をくぐって向こうの世界へいくのだ。

○メタリアルな視座９：水界という「あわいの世界」

『水界園丁』は生駒大祐氏が２０１９年に刊行した句集である。水界とは聞き慣れない言葉である。辞書によると「水と陸との境界」、つまり渚である。渚は英国の古謡「スカボロー・フェア」の中でも詠われているように、海水と波打ち際の間の土地、手に入れば愛しい人との思いがかなう土地でありそれは「あわいの世界」そのものである。この句集名はその水界で庭の手入れをしている園丁、すなわち「あわいの世界」の住人を詠っていると解釈できる。

枯 蓮 を 手 に 誰 か 来 る 水 世 界　　生駒大祐

大祐氏の「水世界」を「あわいの世界」と解釈すれば向こうから来る誰かわからない人はマレビトに決まっている。マレビトは民俗学者折口信夫の体系の重要なキーワードであり、異界からの訪問者である。身近な例でいえば、お盆に帰ってくる祖先もマレビトである。

その句に登場したマレビトは手に枯蓮をもっているという。ゆっくりとうつむきかげんに、水際を歩いてくるその人は、冬なのに薄いローブをまとい、裸足で歩んでくる。不思議と寒さも冷たさもない。そのようなイメージが生じる。何のためにそこに現れたかは問題外である。それは意味の世界のこと、この句ではそのモノにマレビトをイメージしたことが重要なのである。大祐氏が何かの切っ掛けで得たイメージを自分の言語空間で共振させて構築した異界の句、メタな世界の句である。

以上、現代のメタリアルな視座、「あわいの世界」で作られた俳句について述べた。9つのキーワードに分類したが、まだ「あわいの世界」に属する句の全貌を摑むには不充分である。特に5番目の「ノンセンス」、6番目の「非情」に代表させたキーワードはさらに細かな考察や分類が必要であろう。元来、俳句はモノに即することで読者の言語空間にイメージの共鳴を起こす詩的表出である。そのイメージ喚起力の主要素は表出された俳句のリアリティである。近代合理主義的思潮が終焉を迎えた今後の世界ではメタリアルなイメージが俳句の興趣を広げていくことができよう。

§3 メタリアルな世界への誘い

○「主観／客観」、「実／虚」

「あわいの空間」におけるメタな視座は多くの対立した概念に解決の糸口を提供する。特に二項対立的問題に新たな展望を与える。

俳句の写生をめぐって、よく論議もされてきた「客観／主観」という概念は、二項対立的な概念であり膨大な論考がある。比較的まとまっているのは少し旧いが、北住敏夫の『写生説の研究』（＊5前出）であろう。おおよその観点が詳しくまとめられている。筆者の考えではその後の論争にも、本質的な変化は無く、かつ論争はいまだに結論がでたとはいいがたいのでときおり蒸し返される。

「あわいの世界」におけるメタな視座からは、対立する二項の概念のどちらかの立場に固執せずに考えることで新たな前進を得ようとする。

写生を重んじると言うことは眼前の五感の世界以外を無視、あるいは排斥することに通じる、近代が異界を封じ込めたことに通じている。だが五感だけに依拠している客観はもはや、その輪郭が薄れてきていることを上述してきた。［実／虚］という概念にも同じことが言える。俳句が眼前の五感だけに依拠して虚の映像を排除することの背景には、もちろん理由は他にもあるのだが、近代合理性全盛の時代からの思潮を引きずっているということもできる。

実と虚は二項対立的概念としては、少し乱暴だが「実」は客観と、「虚」は主観と擬すべきであろう。俳句の世界での写生の尊重は実の世界の尊重でもある。「俳句は想像で作ってはいけない」という「教訓」は、理由として「想像は言葉に依拠しており実体に迫らないから」と通常いわれる。その裏には虚の世界を封じ込めるという近代の合理的な思潮の影響が無いとは言えない。俳句の世界の思潮はかなり保守的で、その時代への反応は遅いのである。ただ、当然ながら現今はその「教訓」もほころびが顕わである。例えば「WEP俳句通信」では特集として「〈虚〉のイメージの魅力について」が組まれ、八人の論者が、高浜虚子、加藤楸邨、三橋敏雄、田中裕明、八田木枯、小宅容義、大峯あきら、金子兜太の虚のイメージの句の魅力について語っている（＊51）。

中でも角谷昌子氏の八田木枯の虚の世界を扱った論考「異界へのいざない――八田木枯の場合」は刺激的であった。八田木枯の句の異界のモチーフに使われている「世阿弥の異界」「近松門左衛門の虚実皮膜の世界」「谷崎潤一郎の『陰影礼讃』賛美」という三種のキーワードでは特に谷崎の世界への言及に、はっと胸を突かれた思いがした。

くれなゐの闇となりゆく手毬うた　　八田木枯

谷崎の陰翳の世界に木枯は少年時代から耽溺していたという。闇に「くれなゐ」を感じるのは、まさに情念の世界であり、虚のイメージである。角谷氏が並べてくれたモチーフはまさに「あわいの世界」そのものである。

さらに角谷氏は次のように八田木枯を評価する。

……「天狼」時代の木枯の句は〈貫く光さまよふ光凍死体〉〈蓑にさへ血をかよはせて雪の漁夫〉などがあり、厳しい精神性を反映する。だが当時から、作風は即物具象や誓子が主唱した根源俳句には収まり切れなかった。……

角谷氏は収まりきれなかったという。その通りである。収まりきれなかったというのは、その作品に対してその時代には、それにふさわしい評価ができなかったということである。実作より、俳句理念の方に遅れがあるというのが現実だ。「虚」の特集が組まれるのも、ようやく多くの人の関心が集まってきたことを反映している。「あわい」の世界を論じるのもそのような状況に一石を投じる意義がある。

○転換期という認識

以上述べたことは、俳句を作ることとおよそ関係がないと感じる方もいるだろう。そのような方に対して、伝統俳句の側で指導的位置に立っている岩岡中正氏が著書『転換期の俳句と思想』（＊52）で述べている言葉は説得性がある。岩岡氏は近代化（近代合理主義といって良いだろう）によって我々が失ってきた大事なものとして自然との関係、他者との関係、自分との関係の豊かさを失ってきたことを指摘し、まさに現代がそれを取り戻す転換期という認識を示す。

岩岡氏は「自由主義」や「個人主義」の名の下に自然との関係では「人間中心主義」や社会や他人との関係では「自己中心主義」になってしまったと指摘する。その上で、

（1）自然との関係では、写生を通して自分たちが自然の中の一部分であり「自然に親しみ一体化した詠み方の俳句」を。

（2）他者との関係では、近代化で失われた豊かな関係をとりもどす「存問」に象徴される俳句を。

と、述べて「自己中心の近代的世界観や自己中心の俳句を詠んでいると、どんどん自我が肥大化していき、人間の自我が一切を支配しているような錯覚に陥ってしまう」と警告する。

岩岡氏は近代化の行き詰まった世の中で本来在るべき調和のとれた世界、造化の中で豊かに生きること、またそういった生き方を詠むのが伝統俳句だ、と結論づけている。

岩岡氏の結論が全面的に正しいと感じるかどうかは受け取る人に依ろうが、彼の情勢の認識、めざしている未来俳句のあるべき姿の主張は「あわいの世界」に通じ、メタ合理主義的な視座であり、大いに感銘を受ける。

○そしてメタリアルな視座へ

前述したが、社会学者見田宗介は、近代合理主義がもたらした人間性破壊の危険性を避けて、未来を切り開くためにメタ合理性を主張している。メタ合理性(注:末尾に補足)は見田によれば「合理性の限界を知る合理性」ということになるが、「あわい」の世界の視座でいうと両極を見据える高みでモノコトを見ることと言えるのではないか。

俳句においては「あわい」の世界の提唱は、俳句作者の視座の問題であり、渋面を作り観入し、物の本質を見極めようなどという、哲理の問題ではない。強いていえば人間の存在もモノコトの存在も同じ座標軸に並べて、あるがままに高みから眺めてみよう、という視座の問題である。その意味で情に非ずという「非情」の立場も範疇に含んでいるといえる。俳句ではメタリアルな視座が未来の領域を広げるのに役立つのではないか。

(補足) メタ合理性について

メタ合理性を見田は「合理性の限界を知る合理性」と性格づける。具体的には、「生の全域、社会の全域を支配する原則としての「合理化」ではなく、たとえば自由と自由との間を調整し、人間と自然との共生を豊饒に味わい深いものとして生成し持続するための叡知のようなもの」である。（＊53）

◎まとめ：メタリアルな視座こそ

俳句の世界が、無風状態といわれて久しい。しかし現実は多様化の波や嵐で俳句の世界がすでに軋み始めているのを、俳人だけが気が付いていていないのかもしれない。

俳句の表現の特殊性から言って、モノコトをいかにリアルに表現してイメージを構築するかが大切であるだろう。そのためにはむしろリアルを超えたメタリアルな視座が未来には有効である。

☆主な引用・参考文献

＊47　安田登『あわいの力』２０１４年、ミシマ社
＊48　穂積以貫『難波土産　発端・近松門左衛門の「虚実皮膜論」』２０１６年（Ｋｉｎｄｌｅ版）、宝文堂
＊49　大峯　顯『花月のコスモロジー』２００２年、法藏館
＊50　仲正昌樹『集中講義！日本の現代思想――ポストモダンとは何だったのか』２０１３年、ＮＨＫブックス
＊51　特集「〈虚〉のイメージの魅力について」（「ＷＥＰ俳句通信」１２１号〈２０２１年10月〉）

＊52　岩岡中正『転換期の俳句と思想』2002年、朝日新聞社
＊53　見田宗介「近代の矛盾の「解凍」」『定本 見田宗介著作集Ⅵ』2011年、岩波書店

第5部　補　論　歴史の流れの中で

補論1　新しい興趣こそ（第1部から第4部のまとめとして）

○個々の作家の触手と興趣

俳句界が全体として進む方向を、個々の俳人の文芸的触手しかも、複数の触手をもつ個々人のそれを総合して抽出していくのは、最もまっとうなアプローチの方法ではある。だが、個々の作家の触手群が作者自身の目指す方向とは全ては一致していないことがある。特に俳句は短詩型のため自由に実験的に作風を変化させることすらできる。時間変化とともにその作者を未来的趣向の作家と考えるのをためらうことが実際おこりうる。ましてや個々の俳句を作句する原動力となった興趣は伝統的に形成されてきたもの以外に新しく生じてくるものもあり多様である。個々人の作風を形成する最重要要素は、どのような興趣を詠っているかではないか。

○流れの中で

人間世界の未来を考えるのに、最も役立つのは歴史だとよくいわれるが、俳句世界でもそうであろう。ただし従来の俳壇史的発想では、多くは思潮的対立より人脈史的色彩が濃い上に、よしんば其処に思潮的な解釈があったとしても二項対立的な構造による説明になっていることが多い。人脈とか二項対立的な歴史の構造解釈は現象を理解するのにすぐれて有効であるが、それ以外の要素を捨象してしまうこと、あるいは構造の現象論的理解にとどまり、未来へ向かっての活動に対し資するところが希薄となる危険性がある。

人脈史的あるいは二項対立的な俳句史観というのは、例えば近代以降では河東碧梧桐と高浜虚子の対立が想起される。この二人の対立は理念的には「新傾向俳句」と保守的な「客観写生」俳句の対立なのだが、正岡子規の後継者争いとか革新対保守派のあらそいと捉える方が分かりやすくかつ面白い。いきおいそれ以外の傾向の潮流は歴史的には捨象されやすくなる。

いわゆる「人間探求派」が喧伝されるようになったころから後は俳句の理念的追求傾向はかなり低下したようだ。太平洋戦争がはじまり、戦時下思想統制の影響を受けたこともある。だが、戦後70年以上も経過しているにも拘わらず俳句の世界では思潮を整理して未来を指し示すという状況には今もってなっていると断言しがたい。このことは俳句実作者より視座を失った評論者の責任の方が大きいと思う。日々新しい興趣を追求している作者の俳句から、新しい興趣の流れを見出し指し示す論者の視座が必要だ。

○新たなアプローチ：時代に即した興趣の確立

そこで、作業仮説として「興趣」的キーワードをいくつか抽出して、その歴史的流れを考察して将来に存続しうるかを検討するのは面白いはずである。

キーワードを選定すれば、現在の姿を見て過去にさかのぼり源泉を探し求めることも、逆に上流の水源から流れをたどり現在の姿の中に源泉の影響をみることもあり得るだろう。しかしそのどちらかに限定する必要はない。自由に上流や下流や周辺やらをあちこちと行き来することで流れ全体の姿を、未来の在るべき姿を含めて、推察できるであろう。メタ的発想だ。例えば現在でもよく俳句を評する時に用いることのある歴史的キーワード「余情」、「写生」、「ただごと」、「俳味」、「無意味」、「本性」、「まこと」、「モノの本質」等々が興趣的キーワードとしての候補である。それぞれは、すでに研究しつくされた感のものもあるし、中には現在ほとんど問題にされていないキーワードもある、またこのごろ登場した言葉もある。これらのキーワード概念の源泉と現在の姿を行き来しながら見ることで、何らかの未来への展望が見えるかも知れない。

補論2 「まこと」の来し方行く末（一つの俳句の情念の有りよう）

「まこと」というキーワードが内包している「情念」が歌論、俳論においても近未来的に復活してくるような気がする。しかも決して喜ばしくないファナティックな様相で。そのような様相で目覚めさせないためには「まこと」の本来の姿、生い立ちを含めて正体をよく認識しておくことだ。

§1 「まこと」の旗印と本居宣長のこと

○「誠」と「まこと」

「誠」という言葉で連想するのは、たぶん多くの人は新撰組の旗印であろう。上下に山形のダンダラ模様を配し、赤字に「誠」の字が染め抜かれている。あのダンダラ模様は赤穂浪士の討ち入りの時の羽織の意匠を摸したという。でも実物は現存していないと聞いている、本当のことは誰も分からないようだ。

「誠」は武士道の基本的徳目となっている。その源泉と考えられるのは儒教の『中庸』にある「誠者、天之道也。誠之者、人之道也。（誠とは天の道なり。これを誠にするは人の道なり）」で朱熹（朱子）の著した書物の中の一節である。朱子学は「身分の差別を認めそれを守るのが正しい姿」と教えるので徳川幕府の御用学問としてまことに都合良く家康の頃林羅山が重用され官学となった。武家諸法度は羅山が著したものである。

「誠」と漢字で表すると、なんとなく朱子学的堅苦しさがつきまとうが、これを「まこと」とあらわすと、イメージががらりと変わり、国学めいてくる。特に本居宣長を想起する。最初にいうと宣長は儒学がきらいである。

江戸時代の国学者本居宣長は、国学者が多くそうであるように和歌に親しんだ。宣長はあの有名な〈敷島の大和心を人問はば朝日に匂ふ山桜花〉の作者である。大和心というのは日本人の心ということで、古代から現代にいたるまで人々の暮らしの中で形成されてきた日本特有の心を尊重する文化である。しかし日本が近代にいたってこの宣長の和歌は特別の役割を担わされた。軍国主義的愛国心の象徴としての大和心である。大岡昇平『レイテ戦記』に神風特別攻撃隊二十四機（うち特攻機十三機）は「敷島隊」「大和隊」「朝日隊」「山桜隊」と名付けられ、宣長の和歌にちなんだことが記されている。そのようになった理由の一つに当時の国文学者の国粋主義的な傾向があったので、ゆえなしとはしない。宣長の玉勝間に『まことの道は、天地の間にわたりて、何れの國までも、同じくたゞ一すぢなり、然るに此道、ひとり皇國にのみ正しく傳はりて、外國にはみな、上古より既にその傳來を失へり』とある。現代の言葉で言うと一種の選民思想である。

○「まこと」のうた

宣長自身はその歌論において、こころに思ったことや感じたことをありのままに詠むことが大切である(「ただ心に思ふことをいふより外なし」)として、それを真の情から生じた和歌、「まこと」の歌であるとした。加えて言語表現としての和歌の価値、つまり表現に工夫する（「文をなす」）ことも認めていて「あわい」的発想の持ち主である。「思ふ心をよみあらはすが本然也、その歌のよきやうにとするも、又歌よむ人の実情也」（『排蘆小船』）は柔軟である。「ありのままに詠む」ことと、「文をなす」ことは相反するような行為であるのか、またはそれを統一したさらに新しい視座があるのかどうか、かなり時代にかかわらず続いている課題ではあるが、どちらかに決めたら、歌は面白くなくなるであろう。

蛇足だが、宣長にあっては、『源氏物語』の中にみられる「もののあはれ」という日本固有の情緒こそ文学の本質である。「まこと」はそれを表現する心構えのようなものかもしれない。だが、小林秀雄が十一年かかって取り組んだ「本居宣長」（＊1）であり一筋縄ではいかない。今指摘できるのは、「からごころ」をぬぐいさらおうとした宣長を考えれば、「誠」と「まこと」は理念とすれば同じはずはありえない。「まこと」は心構えである。

§2　上島鬼貫のこと

○復本一郎氏や坪内稔典氏が扱った鬼貫

「まこと」をキーワードとした句づくりでは江戸時代関西俳諧の雄・上島鬼貫が知られている。俳人としては「東の芭蕉、西の鬼貫」と並び称される大物といわれる。近年になって復本一郎氏が1981年に『独ごと』の全訳注本を出し（＊2）、2010年に『鬼貫句選・独ごと』を上梓している（＊3）。復本氏は学者らしく評価に関して口数少ないが、俳句の実作者でもあるから現代における鬼貫の意義を感じ取った上での仕事であろう。

前者の『鬼貫の『独ごと』』のまえがきに復本一郎氏は【鬼貫は、芭蕉が「修得の上手」と評されたのに対して、「生得の上手」と評された、どちらかというと天才肌の人であり、その作品は、鬼貫自身が「口をひらけばみな句也」との言葉を残しているように、やや粗削りであるが、俗語・平語をふんだんに取り入れて、自由闊達、かつ雄渾で、きわめて魅力的である。】と評している。その鬼貫が「まことの外に俳諧なし」という言葉を著書『独ごと』に残している。大仰な旗印であるが、鬼貫が提唱する「まこと」とはなんであろうか、時代的には前述の本居宣長とは世代が違い鬼貫の方が古い。だから宣長の引き写しではあり得ない。そのことを識るためには、坪内稔典氏の『上島鬼貫』（＊4）は肩ひじをはってなく、しかも深い洞察をしているので良い。

稔典氏は、鬼貫を評価するにあたって、「東の芭蕉、西の鬼貫」という言い方はひいきの引き倒しだという。また、上島鬼貫が伊丹の出身で自身が柿衞文庫の関係者であることから、鬼貫を書いてみたのだ、というふうなことを書いている。が、心底鬼貫が好きだとも書いている。実は私が鬼貫の「まこと」にキーワードとして惹かれたのは、稔典氏のもっとも傑作と評した句に現代的表現の「まこと」を感じたからである。

さくら咲くころ鳥足二本馬四本　鬼貫

○鬼貫の「まこと」とは何か

「まこと」という言葉の意味は「真なること」を縮めたと考えれば、「いつわりでないこと」の意である。百科辞典には【日本の文芸全般を通じての、根本的な美的理念。真実の姿・感情を尊重し理想とする精神で、感情と理性とが自然に一体となった境地のこと。特に『万葉集』を中心とする上代文学に見られ、文学用語としては『古今和歌集』の仮名序に現れるのが最初。平安時代の「もののあはれ」や、中世の「幽玄」などの美的理念の基調ともなった。江戸時代の俳論や歌論などにもしばしば説かれ、その根底になっている。】とあるように歴史的に培われてきた意味合いも付きまとっている。こと詩歌では、辞典には書いてあるが、理念なのか境地なのか、はたまたそれ以外なのか、よく考えると複雑だ。

鬼貫の「まこと」の考え方を彼の『独ごと』からみてみる。そこには「まこと」が頻繁に出てくるが、とりわけ「をのづからのまこと」が大事な概念である。

……此の道を修し得たらん人の、虚実のふたつに力を入れずしていひ出す所、句毎にいつはりなきをこそをのづからのまことゝはいひ侍るべけれ。是なん常の心に偽りなく、世のあはれをも深くおもひ入れたる故なるべし。……

虚実の概念として考えるとわかりやすい。「まこと」のみを重視とか、そのようなことに力をいれている間は「をのづからのまこと」ではない。

「まことの外に俳諧なし」ということが述べられる箇所では、昔の句は、詞はたくみだが心は浅いと難じた後によい句というものは【詞に巧みもなく、姿に色・品をもかざらず、只さらさらとよみながして、しかも其の心深し】と述べている。少なくとも情趣の一つではなさそうだ。

○坪内稔典氏の解釈した鬼貫の「まこと」

稔典氏の「まこと」の捉え方は面白い。重要な何点かについて述べる。

まず稔典氏は鬼貫の「まこと」を理念と捉えない。「俳諧は只まことにもとづく中立ちなり」

という箇所がある、復本一郎氏はここを「俳諧は、人がひとえにまことに到達するについての媒介の役目をはたすものである」と解釈、つまり「まこと」を到達すべき理念と見ている。対して稔典氏は「身につけておくべき基本」とみる。俳諧は「まことにもとづく中立ち」だという言い方では中立ちは媒介という意味、鬼貫の文脈では俳諧イコール中立ちとなる。まことを基本とした俳句をよむことによって石でも谷水でも歌を歌わせることになる、これは日本の自然観である。「まこと」を到達すべき理念とみるかどうかは、あるいは「まこと」というモノノコトを観る「基本」とみるかは俳人の態度として大きな違いがでるのではないか。鬼貫が『誹諧高すな子』の序文（元禄5年6月）で初めて「まこと」という言葉を使用したという。それを説明した【鬼貫のまことは「平生の気心」でありまことの気心を得ると、目に見えない夢の浮橋を渡ることもできる】という稔典氏の説明にも納得感が深まる。

次に「まことの外に俳諧なし」と悟ったと述べたのは芭蕉を意識して鬼貫が自己を伝説化しようとして、その言葉は晩年の鬼貫のもの、という説だ。動機としてはスキャンダラスで面白いところがあるが、それ以上に、何故鬼貫が「まこと」にそのような意味をもたせたかさらに考える余地があるやもしれぬ。

もう一点は晩年の鬼貫はまことを標榜していてももはや大胆な発想からの作品は無くなってきたという指摘である。このことは理念や視座（身に付けておく基本）だけでは足らない何かの要素が作品活動には必要であることを意味しているのだろう。単に「老いのせい」として片付けてはいけない現代の問題ではないか。

§3　芭蕉のまこと

○芭蕉の「風雅の誠」

芭蕉が自己の俳諧の根底に据えた風雅の「誠」は『中庸』の根本思想である。また風雅はやはり『笈の小文』の序にも書かれているように「その本は一なる」日本文化の主底流である（＊5）。芭蕉の誠は風雅のキーワードの中で取り扱い、詳しくは本論（第3部）で述べた。

§4　臼田亞浪という俳人の「まこと」

○信仰告白の書『俳句を求むる心』

臼田亞浪は大正から昭和初期に活躍した俳人である。「まこと」を旗印とした。芭蕉の「風雅の誠」や上島鬼貫の「まこと」に系譜として連なる「まこと」である。「まこと」というキーワードは俳句のみならず日本の文芸思潮上重要な役割を持つにもかかわらず、近代以降、それを掲げた俳人はほとんどおらず、臼田亞浪は希有である。

亞浪は１９１４年石楠社を創立し往時三千人を超える門下生を擁し、かつ優れた門弟を数多く育てたレジェンド的俳人である。しかし彼の俳句業績に比較すれば、現在はそれほど名を知られていないといえる。

もう少し亞浪について詳しく述べる。彼は信州小諸の出身で少年のころから俳句に親しんでいた。俳句のリーダーとして立つ決意をするのは35歳の時である。俳句的な動機として当時作られていた俳句に対する不満がある。俳句的なといったのは、彼は腎臓を患い新聞記者としての活動を停止せざるを得なかったという事情もあるからだ。その後も持病が多いにもかかわらず驚異的な日数の旅を続けた。自身を称して旅人というのも頷ける。

当時の俳句への不満のことだが、亞浪はホトトギス誌に論を載せ、当節の俳句は文字の屍だとして、「意力的表現」をすることが必要であるという持論を展開している。「意力的表現」というのは解りにくいが、古代の万葉時代のような力強さが欲しいということであろう。後に門下の川島彷徨子が「復古精神、というより原始精神」と説明している。

きっかけを得て、１９１５年に大須賀乙字と俳誌「石楠」を創刊し新聞記者から俳句界に打って出た。亞浪自身の石楠創立以来の俳句理念は１９２３年に出したパンフレット『俳句を求むる心』（＊６）に述べられている。

冒頭に「私はまことを念ずる私のいのち綱として俳句を求むる」とあるので、亞浪が理念として「まこと」を希求すること、それを俳句で追求するという宣言である。いのち綱というのは俳句に命を懸けているのだという意思表示であろう。

亞浪が「まこと」を念じる直接の動機となったのは、たぶん上島鬼貫の『独ごと』を読んで、現在俳人としての自分が必要としているのはこれだと強く感じるところがあったのだと思う。『俳句を求むる心』には亞浪の心情とその変化が詳しく述べられている。鬼貫の「まこと」に感激したという部分を引用する。

……まことを念ずる私の心に、眼に、鬼貫が繰り返へし繰り返へし説いてゐるまことといふ言葉は、如何に深く響き、如何に嬉しく映じたことであらうか。私は鬼貫の遺文にまことを覓めて、其の覓め得た欣びを私等の友たる人々に頒たうとした。それは（注：大正）七年の霜月號に於ける「鬼貫の言葉にまことを覓めて」の一篇である。私は彼のまことと其のものを其の言葉によつて、啻に俳諧発句の上ばかりでなく、宗教的にも哲学的にも将たまた道徳的にもこれをしみ〴〵と味つたのである。……

『俳句を求むる心』は亞浪の精神の遍歴を述べている。それとともに「まこと」へのシャハーダ（信仰告白）の書である。亞浪は「まこと」を単に俳句の理念あるいは俳人がよって立つ単なる視点のようには思わない。まさに「俳句道即人間道」へ「深化」していく亞浪の心情の様子が綴られている（＊6前出。また、西池冬扇『臼田亞浪の百句』〈ふらんす堂、２０２２年〉の解説「「まこと」の系譜」に詳述）。

特に注目したいのは、亞浪が繰り返し「焦燥感」を述べていることである。焦燥感の中身は自分が目指す「まこと」の精神的高みに現実の自分が達しないための焦りであると述べられている。だが、むしろ「まこと」を目指すようになったのも一種の焦燥感だったと思う。いざ俳句に本気で取り組もうとしたときに俳句でつかもうとしているものが自身でわからないという、焦燥感だったのではないかとも思う。

「まこと」の道にかなうということはどういうコトかは抽象的過ぎて一口には解りにくいが、「絶えざる人生の苦悩！　其の人間苦と、かぎり無き自然の慈光！　其の自然愛と触れ合ふ刹那の霊火！　其処に本当の芸術境が展けまことの俳句が生れる。」と亞浪が説くと「まこと」を目指している俳句というものが深遠な人間の心の営みのごとく思える。多くの俳人たちにとってはあこがれを持って亞浪を仰ぎ見ることはあるかもしれない。だがむしろ焦燥感についてはこう述べている箇所の方が分かりやすい。【佳い句を作りたい、旨い論文を書きたい、偉らい俳人になりたい、俺の俳壇にしたい、今に見ろ、今に見ろ、といふやうな焦燥の心に、静観の詩である俳句が湛へられやう筈はない。】、つまり煩悩がおこるようでは「まこと」の境地に達していないというのである。亞浪にとっては道徳的な「誠」や哲学的な「眞」や宗教的な「信」を包括したところの状態「超絶我」と呼ぶ境地が「まこと」のそれである。

亜浪にとっては「人格の高み」を目指すための「まこと」である。俳句はその作者の全人格であらねばならないとしたところに苦悩が始まるのは聖人ならぬ身での必然である。まずは、亜浪という俳人はシャハーダの役割を演じることで「まこと」のアジテーターになる。

○寂しい旅人

次に亜浪は「行者」となる。『俳句を求むる心』に吐露されている「まこと」を思念する気持ちは、高邁な理念と現実の自分とのギャップになやみ焦燥する姿である。そのため亜浪は頻りに旅に出る。旅は単なるアジテーターから「まこと」の行者へと亜浪を変身させる。

亜浪は北国の旅である駅のプラットフォームに立ち雨雲の閉じ亘る稲田と夕空を見つめた時言いしれぬ寂しさにおそわれ胸が一杯になる。〈稲田蔽ふ雲冷やかに暮れてゆく〉という句が自然に口をついて出る。その時彼は「芭蕉は全く旅によつて、人としてのまことに徹し、俳句に於てのまことをもとめ得た」と理解する。

亜浪は大正時代の後期から昭和15年脳溢血で倒れるまで席のあたたまらないほど旅を続ける。昭和12年に出版した句集のタイトルは『旅人』である。亜浪には「人生─羇旅─苦悩─孤独─寂しさ─まこと」というつながりをたどる修行の旅なのである。ここで旅によって得られる寂しさが「まこと」を見つけるための重要なキーワードとしてクローズアップされる。

寂しさを演出している景に関して述べる。亜浪の寂しい景を演出している句材は、夕暮・霧・雪、色なら白である。繰り返し執拗といってよいほど、静かさ、寂しさを演出する言葉が繰り返し登場する。これは亞浪が目指す「まこと」の高みへの行を行った証を示すための景であり、当然ながら虚子の写生とは一線を画するし、当時勢いを得てきた「人間探求派」の人間への興味とはアプローチの異なるものである。

代表的な亞浪の作品はほとんどがこの寂しさの情趣を演出するように作られている。白や淡い色をトーンとする、霧や雪や夕陽のような景は美しく、また大柄な歌いぶりは「まこと」の表現手法といえる。

鵯のそれきり啼かず雪の暮　（大正9年）
木曾路ゆく我れも旅人散る木の葉　（大正9年）
霧よ包め包めひとりは淋しきぞ　（大正11年）
かつこうや何処までゆかば人に逢はむ　（大正13年）

ただ私が注目したいのは、この趣向はもともと亞浪が上京する前の信州小諸の原風景とでも呼べる景に対するものだということである。「まこと」を希求する者が寂しさに苛まれることはありうるだろうし、通るべき道かもしれない。しかし「まこと」を思うための独特の淡い光と色の世界はもともと信州小諸の原風景であったことでもある。亞浪が19歳で唯一残した作品にはすでにその趣向がみられる。

山茶花の白きが咲いて庭寒き　（明治31年）

○戦時中から戦後へ

私は、やはり戦時中の文学に携わったものの生きざまや作品における態度は気になる。「まこと」を希求して俳句道即人間道を旨とした亜浪の作品には「まこと」がどのような形で表れるかをみるのは、それこそ人間を探求する上で興味がある。「まこと」を希求する亜浪は開戦の当日と前年に次の句を作った。彼の「まこと」が達した境地が作らしめた句なのであろう。

皇道を思念すかまつか火のごとし　（昭和15年）
うてとのらすみことに冬日凜々たり　（昭和16年）

終戦の時には次のような句を作った。まさに亜浪は「純朴」たる赤子でしかない。

忍べとのらす御声のくらし蟬しぐれ　（昭和20年）

今、いいしれぬ不安がある。社会の変化と俳人のありようを考える際に生じる不安だ。自分もこのような句を作ってしまわないかという不安だ。まこと、私を含めて多くの日本人は戦後受け身の形で平和を、いわば貪ってきたが、ここに至って世の中の空気に妙なきな臭さが混じってきたのを感じている。世界では今までも各地で紛争が絶えずあった、だがそれも日本国民は民主的教育をしっかり受けているから滅多なことはあるまい、とタカをくくっていたところがある。だが妙にこのごろは不安なのである。ある日こぞって人々が、「戦わない日本人は非国民だ」と、口々に叫び出す不安である。俳句の「まこと」は俳句の視座であり、触手である。俳句が人間道に通じるのだとしたら、どんな人間道に導く触手なのだろうか。

○拡散する「まこと」

筑紫磐井氏は『現代一〇〇名句集①』の「亞浪句鈔・臼田亞浪」の解題（＊7）で亞浪の句業を簡潔にまとめて最後に十四人の著名な門下生の名前をあげた。そのあとに「豊富な人材を輩出したにもかかわらず、現在亞浪及び「石楠」の評価は適正に行われていない。」とある。そのとおりだと思う。

そうなるに至った原因は二つある。

一つは「二項対立」という便利だが暴力的な論理構造の中で亞浪は埋没して了ったことである。もともと臼田亞浪は右手でホトトギスを中心とする伝統系の俳句を切り、左手で新傾向系の俳句を切るという、いわば一種の中間派を目指していたが、とてもその意義は解りづらかったのである。亞浪の求道者的発言は魅力があるし、おおらかな詠い方は共感を得て、かつ行者のごとく旅する俳人としての姿勢は多くの門下生を集めた。しかし、門下生は必ずしも亞浪の理念に同調したわけではない。そのことは、大野林火のような高弟もむしろ高浜虚子の研究に力を注いでいることに表れている。

第二に観念的世界に走り過ぎたことにある。「まこと」の概念は江戸の国文学者、特に本居宣長が非常に格調の高い思潮としてブラッシュアップした。それは「まことの歌といつわりの歌」的に、歌を作るときの視座に関わる言葉である。だが、「まこと」は近代日本では宣長の思想のうち国粋主義的な部分の色彩に彩られてしまった。文芸の本質を「もののあはれ」として人間性を肯定したところにあることで俳句道即人間道を提唱した亞浪の「まこと」もいつしか皇の道に通じてしまったことがある。第二次大戦後の日本の文化的思潮においては当然亞浪らの「まこと」は精彩を失っていったのも当然である。

§5 現代における「まこと」の存在意義

○「まこと」の現代的解釈

鬼貫の「まこと」は作句上の視座である。単なる視座というには「まことの外に俳諧なし」というのは大げさではないかと思われる。しかしその言葉は後付らしい。

もともと芭蕉の俳句理念で「風雅の誠」というのは、儒教である朱子学（宋学）の理念「誠」

とアナロジカルな構造をもっている。尾形仂が「宋学図式と芭蕉俳諧図式」で示している（＊8）ように「俳諧の誠」は理念ということになる。鬼貫と芭蕉の「まこと」は大きく異なる。

前述したように鬼貫の「まこと」は視座・姿勢で、いわばリアリズムであって、理念ではない。同じように宣長も「まことのうた」「いつはりのうた」と作歌上の視座・姿勢で理念ではない。

亞浪の場合「まこと」はまがうことのない理念であり、人格的高みに上がるために命綱とすらいっていた。しかしその亞浪の理念的発想は時代の荒波の前ではあまり輝きを放つ性質のものではなかった、戦後の亞浪の活動は病弱のこともあり、大正・昭和初期のような輝きをみせることはなかった。

○本来の「まこと」はリアリズムの視座

「まこと」というキーワードには戦前の国粋主義のイメージがついてしまった。元来は日本の文芸思潮上ではモノコトをよく観て表現するという視座的なものであったはずである。鬼貫の「俳諧は只まことにもとづく中立ちなり」も、解釈によっては一種のリアリズムの目を持てという詞だと言える。

○まことをかつぐ人間のもろさ、変質のしやすさ

まことを旗印とした亞浪は年齢とともにあるいは時代の潮流の中に沈んで、その影響力を減じ

てしまった。理念だけのもろさと恐ろしさを感じると同時に、「まこと」が本質的な俳句文芸思潮上のキーワードたりうるならば、近未来においてまた思潮上に浮上してくる予感がする。その際その旗印をかつぐのがいかなる触手であるのだろうか。不安である。

☆主な引用・参考文献

＊1　小林秀雄『本居宣長』1992年、新潮文庫
＊2　復本一郎 全訳注『鬼貫の『独ごと』』1981年、講談社学術文庫
＊3　復本一郎 校注『鬼貫句選・独ごと』2010年、岩波文庫
＊4　坪内稔典『上島鬼貫』2001年、神戸新聞総合出版センター（のじぎく文庫）
＊5　藤田正勝『日本文化をよむ』2017年、岩波新書
＊6　臼田亞浪『俳句を求むる心』大正12年、石楠社
＊7　筑紫磐井「亞浪句鈔・臼田亞浪」（『現代一〇〇名句集①』〈2004年、東京四季出版〉中の解題）
＊8　尾形　仂『芭蕉の世界』1988年、講談社学術文庫

補論3　雨の木が燃える日　（俳句の回帰点雑感）

§1　「雨の木」のこと

○個人的体験

今月3日（2023年3月）、大江健三郎が他界した。報道が入ったのは、この小論を書いている最中であった。私はこの小論の題名を「雨の木が燃える日」にしようと考えていたので、不思議な衝撃を感じた。この「雨の木」という言葉は大江作品の主要なモチーフの一つなのである。それは同時に個人的にも私の青年期に心に刻まれている言葉なのである。

少し思い出話につきあっていただきたい。東京のJR目黒駅前には目黒通りという大通りがある。この通りを数キロ西にいった通り沿いにある（たしか昔は清水町だった）目黒区立第四中学校という新制中学で、私は少年期を過ごした。辛夷が咲き、校庭の池には水が湧き、建ったばかりの図書館にはぴかぴかの本が揃い、夜は土星の輪を観測した。その学校は少子化で併合されて今はない。時の流れは速い。

目黒通りを駅から西に目黒川に下っていく数百メートルの坂は権之助坂と呼ばれる。江戸時代、年貢軽減を直訴して処刑された義民の名に因んだという。坂の両側は商店街、甘味屋や東京電力の事務所があり、そこらあたりが私達のたまり場になっていた。東京電力も昔は地域住民に集会場を無償で提供していたので私達のような学生グループが利用しやすかったのである。現代は子供も少ないが、昭和19年20年生まれは、ベビーブーム到来前の世代であるにもかかわらず一学年に七クラス、三百五十人以上もの仲間がいた。そしてよく群れ、よく遊び、よく議論もした。戦後の民主主義教育の良い部分を体現していたと思う。中学時代から、気のあった同学年の仲間が集まって同人誌を発行し、それは大学時代まで続いた。

それはそれとして話は「雨の木」にもどる。

権之助坂の途中にちょっとした路地がいくつかあって、小さな飲み屋が集まっていた。その中の一軒がスナック「雨の木」である。マスターを私達はロングビーチと呼んでいた。単に苗字の漢字を英語で言っただけであるが、本人は結構気に入っていたらしい。当時40歳代だろうか、奥さんと二人で店を切り盛りしていた。私達にしたら二人とも大人の風格があり、口数は少なく、彼の笑顔しか思い出せない。通ってしばらくしたら、彼は当時としては珍しい難聴マークを胸に付けたから、口数の少ないのもそのせいだったかもしれない。

私達は、よくそのカウンターで覚え立てのハイボールを注文し、小説や恋愛や、を実に良く論じ、また時勢を嘆じた。もう死語かも知れぬがいわゆる「安後派」だったのかな。家では憑かれたように本を読み、アンガージュマンなくして意味なしなどと書いては破り捨てていた。仲間が大学を出て就職をしたころ、店は中目黒に移転した。そこへ何度か寄ったことはあるが、そのうち私達も各地にちらばり、今は店もないだろうと思う。

いまだに残念に思っているのは、店の名前「雨の木」の由来をロングビーチに聞きそびれたことである。時期から考えると、大江健三郎の作品に因んではいないはずなのだが……。思い出せば私達は雨の木に宿っていた小鳥みたいなものだった。個人的には「雨の木」とはそういう思いがオーラのようにまとわりついている言葉なのである。

○癒しかつ励起するものとしての「雨の木」の役割

以前はＢＧＭをかけて仕事をすることはなかった。筆がぐんぐん進むとき、時々私は椅子から立ち上がり部屋中を歩き回る癖があった、躁状態を沈静するためなのだろうか。意識的ではなく本能的にそうしていたのだと思う。そうやって少し脳を冷やすとまた先に進む。集中力がないように他人には見えるが、その方が実際には効率が良い。

しかしこのごろは、ＢＧＭを流しながら仕事を進めることもよくある。ふと武満徹の曲『雨の樹』を聴きたくなった時以来のことである。あの写実的な雨垂れを思わすパーカッション（ピアノの曲もいい）の音色は、この上なく心地よく、荒ぶる脳髄を宥癒してくれる。

BGMでの癒しはなかなか加減がむつかしい。単に心地よく安らぐだけでは、気が付くとぼーっと聞いていることさえある。仕事中には、むしろ「言葉の精」のようなものが脳内言語空間を飛び回っている方が心地よく仕事がはかどる。どんなイメージかというと、『雨の樹』の音色とリズムで生じた脳内空間、それは無限に広がって遠くは真っ暗なのだが、そこを（燃えあがる緑の木）、（ギー兄さん）、（頭のいい「雨の木」）、（「雨の木」を聴く女たち）、（「雨の木」の首吊り男）、（さかさまに立つ「雨の木」）、（水の中の「雨の木」）等々意味を形成する以前の、いわば言葉の断片ともいえるひらりきらりしたモノが変化する色彩のオーラを放ちながらゆるやかにあるいは激しく乱舞しているのである。言葉の断片といっても文字ではない。言葉の意味が不定形のイメージとして飛び回っているのである。中には（いかに木を殺すか）などと物騒な意味の塊も飛んでいる。それが武満の『雨の樹』を聴きながらの「雨の木」という言葉が想起する脳内のイメージである。その言葉空間とも呼べる原初的言語群が織りなす言葉の意味をぼんやり考えたりしていると、単に写実的な雨音や雫の音で満ちた空間でぼんやりしているにもかかわらず、どこか覚醒した部分が脳内に残り、時々意識的活動を励起する、そのバランスがとても具合が良いのである。

実はこれらの言葉の断片は大江の作品の中の主要なキーワードである。大江の「雨の木」は彼の連作短編『「雨の木」を聴く女たち』（＊1）に登場する。「雨の木」はレイン・ツリーと題名にルビがあるので、そう読むのだろうが、私は「あめのき」の響きが好きだ。実は武満の『雨の樹』は大江の連作の最初の短編を読んだ際にインスピレーションを得て武満が作曲したものである。

またその曲を聴き大江は二番目の短編『「雨の木」を聴く女たち』を執筆したらしい。私はそのことを何かで識っていたために、『雨の樹』を聴きながらのイメージとして展開したのであろう。読み手の中の言語空間は読み手のそれまでの経験によって異なる様相を呈するものである。

○宇宙樹としての「雨の木」

「雨の木」と『雨の樹』が私の脳内で展開している様子を今少し述べよう。その時に断片的なオーラをまとった言葉が、何らのまとまった意味を私の脳の中で指し示すモノではない。言葉が言葉として最も自由な状態で「言葉の精」として飛び回り、彼方此方で融合したり、避けあったり、火花を散らして衝突したり活き活きとしている、そんな場面が展開しているのである。

本来、言葉が持つ活き活きとした活性状態というのはイメージとして想像するなら、そのような状態ではなかろうか。言語空間を飛び回るラジカル（遊離基）の状態の自由な言葉、それこそ最も言語が原初的状態でありながら、人間の理念と融合して活動している姿ではないか。言葉が意味を紡ぎ始め、その過程が進行するにしたがって、本来の原初的生命力を失って行くように思えるのである。

無論言葉が解体されプラズマ状態に近くなったときにはもう言語としては文字通り無意味な状態ではある。だが、混沌としたイメージが乱舞しているときの言葉の姿は美しい。私が俳句という表出の姿にこだわる理由は俳句では、言葉が意味の世界を紡いで了わないで自由にまだ言語空間を飛翔する力を残しているからだと思っている。

大江は「雨の木」としてまとめられたこれらの作品の中で「雨の木」とはメタファーであることを繰り返し強調する。言葉がなるべく原初的状態でいることは俳句という表出手段においては非常に望ましい。なぜなら俳句は言葉の意味を詠み手と読み手の間で「宙吊り」にすることで存在意義を保っているのだから。メタファーはラジカルである。メタファーはそのつど最も機能的な言語のつながりを作る。人間の言語空間の中で言葉に飛翔力を与える駆動力である。では、メタファーとして雨の木は何をイメージしていたのだろうか。

多くの大江の読み手が指摘するように「雨の木」は宇宙そのものを意識した生命の暗喩であるといってもよいだろう。ひとことでいえば、宇宙樹である。宇宙樹という考え方は、世界の各地にあり、共通しているのは天界から地下の冥界までを貫いている巨樹で生命の根源に関わっているることである。ゲルマン神話、モンゴル神話、スラブ、中国、朝鮮等々の神話にそれぞれの宇宙樹の概念がある。旧約聖書やエヴァンゲリオン（ゲームのメタバースだ）に登場する生命の樹はセフィロトと呼ばれ架空の樹だが、北欧神話のユグドラシルは巨大なトネリコの樹である。一説には世界樹という概念は人類が樹上で生活していたことの記憶が無意識に人間に残っているためである、という。

大江は雨の木を宇宙樹として想定し、宇宙的な再生のメタファーとしてあらわしたのである。大江の小説では他の作品のタイトルにも同様のメタファーとしての「生命の木」は登場する。『燃えあがる緑の木』『いかに木を殺すか』にもラジカルなメタファーとして読み手の言語空間を飛び回る仕組みがある。大江はたぶん生命を脅かす存在としての核兵器を念頭に置き、これらの作品では雨の木に世界樹、生命の木としてのメタファーの役割を与えたのだろう。だが「雨の木」は作品中では焼失する。

（大江健三郎逝く）

雨の木を燃やした夜の雛祭　西池冬扇

§2　無数の「未来の触手」がまさぐるもの

○俳句の近代化とアンシャンレジーム

近代以後の俳句には、それ以前の俳諧と大きく異なった傾向がある。近代精神が自我の確立を目指したことに呼応するように近代俳句にも自我の存在意識が強くなったことである。この傾向は座の文芸である俳諧の世界とは「理念」を異にする。連歌から発生した俳諧においては個人作品という観念が現在より希薄であるのは自然である。

正岡子規は俳句を文学と位置付けた（＊2）。位置付けると同時に俳諧連歌の世界を「発句は文学なり、連俳は文学に非ず。」と切り捨てた。『芭蕉雑談』（＊3）にはこうある。

……ある人曰く、「俳諧の正味は俳諧連歌に在り、発句は則ち其の一小部分のみ。故に芭蕉を論ずるは、発句に於てせずして連俳に於てせざるべからず。芭蕉も亦た自ら発句を以て誇らず、連俳を以て誇りしに非ずや」と。

答へて曰く、「発句は文学なり、連俳は文学に非ず。故に論ぜざるのみ。連俳固より文学の分子を有せざるに非らずといへども、文学以外の分子をも併有するなり。而して其の文学の分子のみを論ぜんには発句を以て足れりとなす」。……

現代でも俳句は文学でなく文芸という人もいる。文学という概念は明らかに子規においては西洋近代的ニュアンスにおける文学である。文学ならざる理由を、別の箇所で連俳は「変化」を貴ぶので、文学から排除する理由としているが、その真の意味は、連俳が一貫した近代的な合理性がなく個人によって確立する作品でないからというところにあるのであろう。

ただ子規は『俳諧大要』において俳諧連歌の趣を解説しているように、全面的に俳諧連歌を否定してしまったわけではない。この時代の文学者や思想家は時代の変化に敏感であり、近代合理主義的な考えが日本に入り社会に浸透すると同時に近代合理主義がもたらす問題を鋭敏に感じ取っている。北村透谷・夏目漱石を筆頭に、近代が強調した自我と変わりゆく社会との間に潜む矛盾に苛まれた魂は多い。近代が社会に与えた問題は個人主義の名の下に自我の確立の問題、時代的閉塞性、疎外感、等々多くの課題を次々とつきつけた。（後に「近代の超克」とひとまとめにして呼ぶ課題となり、変化しつつ現在に至っている。）蓋し、俳句が文学を呼称するならばそれらの課題を避けて通るわけにはいかなかったのである。

○俳句というガラパゴス的存在

俳句の出自が俳諧連歌であるために、俳諧（俳句）はその基本的性格を自然との共生、人間どうしの絆に置く。近代社会は、自然を単なるフロンティア的開発対象としたことで破壊し、また工場生産を土台とする資本主義で共同体的社会や連帯の解体と疎外化という現象をもたらした。これは俳諧の基本的性格に相反する。俳句は近代合理主義のもたらす変化と本質的に反りが合わない存在でもともと矛盾をはらみつつ進行したのである。その意味ではポスト近代主義の先頭に立ちうるポテンシャルを秘めている。

近代社会への移行は、合理主義の名の下に多くの、それまでの伝統的文化の多くを衰退の危険にさらし、それを克服するための改革が各ジャンルでなされてきた。その中でも、俳句における近代化は独自の軌跡をたどることになる。独自というより数十年遅れと呼ぶべきかもしれないし、あるいは全く独自に進化経路をたどっているガラパゴス的存在かもしれない。その理由は上述したように俳句の基本的性格が近代合理主義と反りが合わなかったからである。

近代において子規がいみじくも俳句は文学であると言い切ったが、それで俳句は近代的俳句に脱皮したわけではない。文学でなく文芸だという人の存在は措くとしても、独自だということを最も端的に示しているのは「人間探求主義」という言葉である。俳句の世界で蜃気楼のように浮かんでいるこの言葉には、実体はない。そこには草田男の俳句、石田波郷の俳句、加藤楸邨の俳句、篠原梵の俳句が存在しているだけで、「人間探求派」としての共通理念がないのである。一歩引いて楸邨の結語「四人共通の傾向をいへば『俳句に於ける人間の探求』といふことになりませうか」（座談会「新しい俳句の課題」「俳句研究」1939年8月号）であるとしてもあまりにもおおざっぱである。それより楸邨のこの言葉「なりませうか」に反語的意味合いを感じてしまう。もし「人間の探求」ということを俳句の旗印としてかかげるならば、漱石や透谷が苦悶してきた個人と社会という近代の基本的問題提起に数十年おくれていることになる。倉橋羊村が人間探求派という副題のある『草田男・波郷・楸邨』（＊4）の帯に「人間探求派を本格的に論じた評論は少ない」と書いているのも、他から人間探求派という派を峻別する要素が少ないことを裏付けているのではないか。その書も個々の俳人の評としては面白いが内容は三人の作家論の集合体である。

○俳句に時代思想を観た岩岡氏

特に短詩型である俳句においては個々の作品だけからその作家の傾向の全体をうかがうことは困難である。とはいうものの、作品群からはその作家の意図の有無にかかわらず、時代に向かい合う作家の姿勢というものは浮かび上がってくる。評論はその姿勢を鮮明にさせるためにある。さらには、時代にあるべき方向として位置づけることにも評論の役割があると考えている。

しかしながら作家の特色を浮かび上がらすことに力をそそぐ論者は多いが、その傾向を社会的思潮の中で位置づけることのできる論者は俳句の世界では少ない。ましてや時代が必要とする方向を含めて、種々の傾向をメタレベルで考える論者は俳句界ではきわめて少ない。

岩岡中正氏は、現在日本伝統俳句協会の会長であるが、そのようなメタレベルの眼差しを有する論者である。岩岡氏は近代の課題は人間社会の共同体としての絆の崩壊だとしている。岩岡氏の俳句に対する基本的姿勢はその著書『転換期の俳句と思想』（＊5）によくあらわれている。以下に引用する。

……近代後の私たちが、近代人として自立しつつ同時に、造化や他者との有機的つながりをもった「有縁の世界」のなかで豊かに生きていくことが、私たちの今日の課題である。たとえば最近の世界的な思想上の論争の課題は、自由主義の再検討であり、自由主義者対共同体論者の論争である。私たちはいま、再び存在の絆（「有縁」）を求めはじめている。俳句においてもまたそうであって、自然や他者との心安らかな関係の中での俳句、安心の俳句であって、つまり自我の俳句ではない、自足と安心の俳句、これこそが、二十一世紀に生きる最も現代的な俳句ではないかと私は思っている。……

近代が終焉しようとする現在、社会思潮上の課題「自由主義者対共同体論者」を俳句の世界に同時間的課題として提起していることは、まことに卓越しており、俳句がガラパゴス島から飛び立てる可能性を漂わせている。

§3　岩岡中正氏の指摘

○「俳句の目指す「興趣」の現代と未来を探る」

筆者は以前上梓した『明日への触手』（２０２２年9月刊）において俳句のサステナビリティをかけて触手を活発に蠢かせていると判断しうる幾人かの作者の作品を示し、近代を超えるべく登場したと思われる興趣をいくつか例示した。多くの読者から書簡等で感想やご意見をいただけありがたかった。特に雑誌等の公表の形式で書評をいただいた数件の中に、お応えすべき貴重なご指摘があり、感謝にたえない。本稿（「WEP俳句通信」連載「続・明日への触手―歴史の流れの中で」）の内容そのものに関わっているのでこのページを使わせていただき、今後ご指摘内容が前向きに展開するように考えを述べさせてもらいたい。

「俳句」２０２３年3月号に掲載された岩岡中正氏の「俳句の未来を探る――近代を超えて」

について述べたい。氏には本論考の目的を正確に理解していただいた。【これは「俳句の目指す興趣」の現代と未来を探る評論集であって、たんなる作家紹介ではない】と冒頭にのべられたのは、採りあげた作家の選択基準が分からないという批判がいくつか見られた中で、正直ほっとした。この種の「作家紹介」では、誰を選び誰を扱わないということに神経をとがらす雰囲気が世上にないとは言えない。私自身の経験でも、昔、山本健吉の『現代俳句』を読んでいて、ずいぶんと恣意的な作家と作品の選択をしているなと感じたし、俳句の友人達の幾人かからも同じ意見を聞いたことがある。しかし恣意的であること自体問題はない。世俗的興味も含めて、その基準が気になることは当然ではあろう。ただ『明日への触手』の基準はポスト近代という時代精神の転換に感応する触手を有するか、それも二項対立的視座を超えたメタ的感覚での触手を有するというのが基準だったわけである。そのことを理解せず、俳人としての未来云々と理解すると「基準が分からない」ということになるのであろう。

このメタ的感覚の触手に関しても表現は若干違うがほぼ同じイメージでもって岩岡氏は捉えてくれている。『苦界浄土』の作者石牟礼道子と評論家渡辺京二の熊本における仕事（両氏は近代化が冒した人間と自然の破壊の典型である水俣病にペンの力で立ち向かった）を私は思い出すとともに、そこに触手という言葉が使われていることに感激した。その部分を引用する。

……ところで昨年末に亡くなられた渡辺京二は石牟礼道子の「認識」方法を、近代の主客二元論の、主体による客体の分析ではなくて、無数にそよぐアンテナが「触手」のように全体を「感知」することだと言ったことがあるが、私は本書を読んでこのことを思い出した。本書は柔らかく鋭く、脱近代の時代精神の転換からとらえた俳句評論である。この方法は、詩を素材とする反近代の、イギリス・ロマン派や現代の詩人思想家・石牟礼道子や俳句における反近代思想家・虚子に関する私の思想史研究と共通するもので、親しみを覚えた。……

引用した箇所で岩岡氏はまさに本論で打ち立てようとしているメタ的感覚についての理解を示してくださり、本論の目的を【現代における、ことばの力の衰退とそれに伴う文芸や社会や自然の崩壊への危機感が、本書に底流しているのである】と評していただけたことはありがたい。

引用にある「主客二元論」とは主体と客体を分離して、あるいは主観と客観とに対置する構図で考えることである。典型的にはデカルトの物心二元論的認識をさしており、いわば西洋近代合理主義の一つの基礎を成しているといえる。だが、松尾芭蕉が弟子の怒誰宛の書簡（＊6）で「物我一智」の境地を述べたように日本には「物我一如」とか「物心一如」と言われる仏教哲学があり、さらに近代に入ってから西田幾多郎が、「純粋経験」（＊7）を提起し「主観と客観が分かれる以前の経験」から出発することを述べた。認識等の問題では真に実在しているのは純粋経験で、そこから主観および客観が分離して現れてくるという考えであり、日本が独自の伝統に基づく近代哲学をはじめて打ち立てたといわれる。さらに脳科学の進展に伴い、人間がモノを認識する過程の理解もクオリアの概念が採りいれられており、俳句のイメージ論にも影響を与えている（＊８）。ただ岩岡氏からは大きな宿題をいただいている。近代を超えるポスト近代の議論を伝統や「近代の原点」への回帰を視野に入れて進め、【俳句でいえば「季」と「共同性」という、俳句のアイデンティティに関する古くて新しい議論へと回帰することを願っている】という重い言葉である。

「季」と「共同性」が俳句のアイデンティティ（私流にはレゾン‐デートル）という考え方には私は全く同意見である。ご指摘をいただいた問題については『高浜虚子・未来への触手』（＊９）等々で私としては触れてきた経緯があるつもりだが、一人の俳人の属性としてではなくもっと真正面から取り組むべきだというご指示として、今後発展させたい。次章には「回帰」の課題に対して考えの骨格を述べ、ご指摘に応えるための意思表示としたい。

§４　俳句の回帰点に関して

○俳句の回帰すべきところもしくはレゾン‐デートル

「俳句とは何か」という質問を、私はよく教室で発する。答え方は種々ある。五七五で、季語がひとつあって、切れがあってとか、義務教育の現場でもそのように教えるらしい。山本健吉ばりに「挨拶」「滑稽」「即興」などと答える人もいる。しかしこれらの「定義」もしくは「特徴」らしき回答がでたあと、何故「俳句なのですか」と問うと、最初一様に押し黙る。そのうち「俳句があるから」「日記がわりに」「句会や吟行が面白いから」などもそもそと意見が出始める。この質問は何故俳句が存在しているのか、その意義は何処にあるかを考えて欲しいためである。

私自身、教室の会話等を通じてたどり着いたのは現在の俳句の存在理由を端的に示すキーワードは「季節と自然」「人間の輪」である。この二つは近代合理主義がその進行過程に於いて必然的に破壊してきたモノコトである。したがって、季節の移ろいを愛でて、人と人との輪を楽しみ尊ぶ日本の俳句という文学（芸）は近代という時代が破壊してきたモノに抗しうる理念を持った詩的表象としてまさにサステナブルでなければならないのである。岩岡氏が奇しくも（「必然的に」というべきか）述べた「「季」と「共同性」」はまさにこのことだと思っている。

○螺旋的回帰

しかし歴史の流れ、時間軸、を考えた場合、回帰とは単純に復古することではない。否あり得ない。現実の世界と同じく回帰すべき原点の周囲を螺旋のごとく上昇或いは下降しつつ世界は変化する。

もともと「季」は時間の変化、そのものである。「季節と自然」と表したのは、時間によって変化する自然を意識したのと同時に自然の一部としての人間の存在そのものと時間の関係への興味を言語の背景に秘めている。したがって生命そのものを問題にすることになる。このことは「花鳥諷詠」という言葉の空間が込めている意味と同じである。

「人間の輪」も歴史的に変化している。実生活上はその影響は深刻である。近代は「都会と地方」という二項対立的構造を経済活動を通じて作り上げ大都市を頂点とするヒエラルキーを出現させた。それによってしだいに地域共同体は疲弊し現在は限界集落という名称が示すように、まさに破壊が極値に達している。のみならず大都会においても近代的合理主義の行き着いた先にあると思われる「ミーイズム」の蔓延で近代の根幹であるべき民主主義もむしばまれている。我々の時代はそのような時にあり、全く同質のところに回帰することは不可能である。

俳句の世界において原点への回帰をするにあたっても、そのような状況に対応しながら進む必要がある。いわば回帰は時間軸にそって螺旋的に進むことになる。

○生命・物質・宇宙観の変化

俳句ほどその根底に、世界観・宇宙観を自然・モノと命の関係として捉える意識的な視座を持ち、かつモノとヒトとの関係を二元的にではなくメタな視点で捉えうる表出法はない。加えてその表出をヒトとヒトとの輪の中で楽しむコトを前提としている。まことにポスト近代にとってふさわしい性格を持っている。

近代を超克するにあたって、無論それは俳句をサステナブルにすることを目指しているわけだが、私達は何が変化したかをまず識る必要があるだろう。

結論だけをいうと近代の終焉にあたり最も大きく変化したのは、宇宙観と生命観であり、社会経済の土台となる科学技術で言えば、原子力と遺伝子操作と人工知能の登場であろう。私はこれらの三つの科学技術をしばしばパンドラの箱を飛びだした禍に例える。人類に禍を与えるからである。しかし神話によると箱にはエルピス（期待とか希望）が残っている。この三つはもし完全に制御することができれば人類の為になりうるというエルピスが残っている。

原子力は核兵器として利用され人類の滅亡をも招く可能性のある禍である。大江健三郎の文学に対する関心の大部分はこの核兵器の禍に対する戦いにあった。遺伝子操作も人間の制御を離れやすい技術であり、生命体の有り様をどのように変化させるか未知の技術である。ＡＩ技術も未知領域の多い技術分野である。現在の機械学習はディープラーニングを主としているが、人間の経験主義と同じように答えが出てきた理由のわからない「ブラックボックス」問題が存在している。活用の範囲が増大していったとき、人間の判断との関係をどのようにしていくのか未知の部分が多い。ＳＦ作家が予言するようなＡＩと人間との葛藤或いは闘争は単なる空想でない可能性もある。

○社会構造の変化のきざし

現在、注目すべきはＡＩ登場の基礎にあるＩＴ技術の発展、特にコミュニケーション技術の発展である。これは一種の産業革命と捉えて良く、蒸気機関、次いで電力が出現して、近代社会を推進したように、ＩＴ技術が近代が超克された後の時代を作る駆動力であるというのがおおかたの意見である。ＩＴ技術によるコミュニケーション手段の革命的発展は、大都市と地方のヒエラルキー構造をネットワーク構造に転換するポテンシャルを秘めている。そのことは誰もが情報を共有できるという新しい状況を生み出し、その範囲も世界規模となり、社会は急速に変貌しつつある。俳句の原点回帰もそのような状況を踏まえたモノになるべきである。

以上は新しい「ポスト近代」的時代の俳句を「季」と「共同体」という原点に回帰しながら論じる際の前提条件の骨組みを述べてみた。順次俳句の実作を参照しながら深掘り、あるいは肉付けをしながら作業を進めたい。

☆主な引用・参考文献

＊１　大江健三郎『「雨の木」を聴く女たち』昭和57年、新潮社

＊２　正岡子規『俳諧大要』１９５５年、岩波文庫

＊３　正岡子規『獺祭書屋俳話・芭蕉雑談』２０１６年、岩波文庫

＊４　有冨光英『草田男・波郷・楸邨』１９９０年、牧羊社

＊５　岩岡中正『転換期の俳句と思想』２００２年、朝日新聞社

＊６　萩原恭男 校注『芭蕉書簡集』１９７６年、岩波文庫

＊7　西田幾多郎『善の研究』1950年、岩波文庫
＊8　西池冬扇『俳句表出論の試み——俳句言語にとって美とは何か』2015年、ウエップ
＊9　西池冬扇『高浜虚子・未来への触手』2019年、ウエップ

あとがき

この本は雑誌「WEP俳句通信」128号（2022年6月）から138号（2024年2月）まで連載した「続・明日への触手」を中心として、加筆、修正しながら『俳句の興趣』として通読できるように再編成したものである。以前出版した『明日への触手』は未来をさぐる触手を有する俳人の幾人かを紹介したものだが、この本は姉妹編ともいえる。

人間の社会が今その基底から軋みだしたような不安を感じているのは私だけではあるまい。俳句の世界もすこしずつ変化のための音を発し始めているような気がするのは空耳だろうか。

末筆になったが、本書をなすにあたり、「WEP俳句通信」の大崎紀夫氏、きくちきみえ氏、とりわけ土田由佳氏には大変なご努力をいただき、また蔵本芙美子氏にも校正でお世話になった。それ以外にも幾人もの方に協力をいただいている。お礼を申し上げる。


（2024年9月　記録的な猛暑の日本・徳島で）

著者略歴

西池冬扇（にしいけ・とうせん　本名：氏裕）

昭和19年（1944）　4月29日大阪に生まれ東京で育つ
昭和45年（1970）　ひまわり俳句会　高井北杜に師事
昭和58年（1983）　橘俳句会　松本旭に師事
平成19年（2007）　ひまわり俳句会主宰継承
平成30年（2018）　超結社「棒」創立メンバー、同人
令和4年（2022）　ひまわり俳句会会長就任

著　書
句集『阿羅漢』（1986年）、『遍路――槃特の箒』（2010年）、『８５０５――西池冬扇句集』（2012年）、『碇星』（2015年）、『彼此』（2021年）
随筆『ごとばんさんの夢』（1995年）、『時空の座第１巻』（2001年）、『時空の座 拾遺』（2018年）
評論『俳句で読者を感動させるしくみ』（2006年）、『俳句の魔物』（2014年）、『俳句表出論の試み――俳句言語にとって美とはなにか』（2015年）、『「非情」の俳句――俳句表出論における「イメージ」と「意味」』（2016年）、『高浜虚子・未来への触手』（2019年）、『明日への触手』（2022年）、『臼田亞浪の百句』（2022年）
俳人協会評議員　現代俳句協会会員　日本文藝家協会会員　工学博士

現住所＝〒770-8070　徳島県徳島市八万町福万山８－26

俳句の興趣――写実を超えた世界へ

2024年９月30日　第１刷発行

著　者　西池冬扇
発行者　大崎紀夫
発行所　株式会社　ウエップ
〒160-0022　東京都新宿区新宿 1-24-1-909
電話 03-5368-1870 E-mail bcb10324@nifty.com 振替 00140-7-544128
印刷　モリモト印刷株式会社

 ISBN978-4-86608-168-7
※定価はカバーに表示してあります